Calendrier
des signes du zodiaque

Bélier	**Du 21 mars au 20 avril**
Taureau	**Du 21 avril au 20 mai**
Gémeaux	**Du 21 mai au 21 juin**
Cancer	**Du 22 juin au 22 juillet**
Lion	**Du 23 juillet au 22 août**
Vierge	**Du 23 août au 22 septembre**
Balance	**Du 23 septembre au 22 octobre**
Scorpion	**Du 23 octobre au 21 novembre**
Sagittaire	**Du 22 novembre au 20 décembre**
Capricorne	**Du 21 décembre au 19 janvier**
Verseau	**Du 20 janvier au 18 février**
Poissons	**Du 19 février au 20 mars**

Chère lectrice, cher lecteur,

Vous voici arrivés en 2003, et vous vous demandez certainement ce que vous réserve cette nouvelle année. Des surprises ? De l'argent ? Du bonheur ? L'horoscope Harlequin, élaboré spécialement pour vous par l'astrologue Milton Black, vous dévoile les grandes tendances de votre signe pour les mois à venir et vous aide à vous orienter dans vos choix.

En plus d'un portrait et d'une rubrique numérologie qui vous aideront à mieux cerner la personnalité de votre signe, ce véritable guide astrologique vous révélera quels signes influencent vos affinités amoureuses. Il vous permettra également, grâce à ses prévisions, de tirer le meilleur parti des événements qui surviendront dans votre vie au cours de cette année. Nous vous invitons enfin à découvrir une nouvelle rubrique qui ne saura manquer de vous passionner : le portrait du signe de votre enfant.

2003 s'annonce comme une année riche en rebondissements et en nouveautés ; sachez l'aborder avec sérénité et dynamisme !

Bonne année 2003 !

Cet ouvrage a été publié en langue anglaise
sous le titre :

2003 HOROSCOPES
LEO

Traduction française de
FRANÇOISE MARY TAYLOR

et pour Numérologie :
LÉA ROBERT

Achevé d'imprimer en novembre 2002
Dépôt légal : décembre 2002
N° d'édition : 99031
N° d'impression : 15323

Création intérieure : HARLEQUIN - COMPOS JULIOT

83-85, boulevard Vincent-Auriol, 75013 Paris - Tél. : 01.42.16.63.63
Service lectrices - Tél. : 01.45.82.47.47
ISBN 2-280-11239-6

MILTON BLACK

Lion

23 juillet - 22 août

HOROSCOPE
2003

HARLEQUIN

Sommaire

Carte d'identité

du Lion

23 juillet - 22 août

Planète maîtresse :	**Soleil**
Elément :	**Feu**
Anatomie :	**Colonne vertébrale, artères, système circulatoire, yeux**
Animaux :	**Lion, panthère, aigle, cerf, coq, oie sauvage**
Couleurs :	**Blond, jaune chaud, or, orangé, vieil or, cuivre**
Métaux :	**Chrysolite, jaune de chrome, laiton, or, vermeil**
Nombres :	**1, 81, 91**
Parfums :	**Héliotrope, lavande, origan**
Végétaux :	**Tous les agrumes, cannelle, safran, blé mûr, camomille, genêt, oranger, jonquille**
Gemmes :	**Diamant jaune, topaze, sardoine, rubis**
Lames du Tarot :	**VIIIe Lame, La Force**

Votre signe et vous

Qui est le Lion ?

Vos points forts et vos points faibles : vos caractéristiques
L'homme Lion
La femme Lion

Qui est le Lion ?

Points forts et points faibles : vos caractéristiques

Vous êtes, natif du Lion, un être au cœur généreux qui cache sous une apparence forte et dominatrice beaucoup de sensibilité, d'émotion et d'intuition. Charismatique, vous possédez un très grand pouvoir de séduction qui fait de vous un être exceptionnel, passant d'autant moins inaperçu que vous vous montrez très soucieux de l'impression que vous produisez sur les autres. Fier et ambitieux, vous aimez en effet tout ce qui est grandiose, magnifique et splendide, et gardez en toutes circonstances votre allure de grand seigneur – ce qui ne manque pas d'irriter de temps à autre ! Mais si les apparences comptent énormément pour vous, vous êtes également extrêmement sensible à la personnalité et aux opinions de ceux qui vous entourent.

La mesquinerie et la banalité insupportent votre nature entière et passionnée. Vous aimez les rapports francs et directs, et vous vous montrez généralement fidèle et digne de confiance tout aussi bien en amour qu'en amitié. Et s'il vous arrive d'être parfois un peu trop exigeant ou possessif envers ceux qui vous sont chers, vous savez également leur rendre au centuple l'amour qu'ils vous portent.

Doté d'une très forte personnalité, vous possédez une autorité naturelle qui vous rend d'autant plus apte à commander et à diriger les autres que vous êtes un organisateur hors pair. Attention cependant à ne pas vous transformer en despote... Sachez être parfois plus attentif à la sensibilité de ceux qui vous entourent. Homme ou femme de principes, vous n'hésitez pas à vous battre pour défendre vos idées et vos idéaux, et les échecs, loin de vous décourager, ne font que stimuler votre combativité et votre désir de vaincre.

Votre plus gros défaut ? L'orgueil sans aucun doute, et donc une susceptibilité à fleur de peau. Mais, heureusement, vous êtes aussi prompt à pardonner que rapide à vous vexer.

Vos goûts, vos aspirations et vos passions

La certitude que vous avez de votre propre valeur, conjuguée à votre amour de la vie, vous pousse à exiger ce qu'il y a de meilleur. En tant qu'hédoniste convaincu, vous aimez en effet le luxe et le plaisir, et vous vous y abandonnez souvent avec excès, au point de dépenser des fortunes pour acquérir ce que vous estimez mériter.

L'art et la musique sont pour vous des sources de grandes joies. Artiste dans l'âme, vous possédez souvent des dons éclatants ou encore un profond amour des arts qui apportent à votre vie plaisir et beauté.

Sur le plan professionnel, c'est dans les carrières de politicien, haut fonctionnaire, manager ou administrateur que votre charisme et votre autorité naturelle s'expriment le mieux. Certains d'entre vous seront également attirés par les fonctions administratives, les relations publiques, la publicité ou encore le marketing. On trouve également un grand nombre de travailleurs sociaux chez les natifs du Lion, ainsi que des promoteurs, des artistes, des professeurs, des militaires et des professionnels des médias. Afin de s'épanouir, le Lion a besoin de se sentir utile aux autres ou d'occuper un emploi prestigieux. Si son travail ne le valorise pas assez, il peut devenir amer et frustré.

Bien-être et santé

Le signe du Lion gouverne le cœur, le système sanguin ainsi que le dos. C'est pourquoi, bien que dotés d'une constitution plutôt vigoureuse, vous devez, natifs du Lion, vous méfier des disputes et de tous les excès susceptibles de surmener votre cœur ou d'entraîner des poussées de température ou de stress. Surveillez également votre dos et vos yeux.

Vos meilleurs médicaments ? Le repos, l'espace et la solitude.

L'homme Lion

Charismatique, vous possédez, cher Monsieur Lion, une personnalité flamboyante et une force de caractère qui vous permettent de régner sans effort sur votre entourage.

Au sein d'un groupe, vous avez tendance à prendre le rôle de leader, et suivez votre chemin avec une détermination extrême, que rien ne peut faire vaciller. Quant à ceux qui ne sont pas d'accord avec vous, ils ont intérêt à vous présenter des arguments solides s'ils veulent vous faire changer d'avis ! Vous pouvez en effet vous montrer très arrêté dans vos opinions, voire être dogmatique, allant parfois même jusqu'à devenir intolérant.

Heureusement, votre générosité est à la mesure de votre personnalité, c'est-à-dire royale et magnifique. Ainsi, votre bon cœur n'est jamais pris en défaut, et une grande noblesse d'âme vous empêche de ressasser les griefs mesquins, ce qui rend vos colères aussi brèves que volcaniques.

Bien que votre autorité naturelle vous pousse parfois à essayer de contrôler la vie de vos proches et de ceux qui vous sont chers, vous ne supportez pas que l'on fasse de même avec vous. En individualiste forcené, vous défendez farouchement votre liberté et entendez bien mener votre vie selon vos propres lois.

Vous possédez par ailleurs une volonté de fer propre à décourager la plupart de vos adversaires — d'autant que, loin de vous abattre, les obstacles vous galvanisent !

Pour vous, le succès est un dû, et vous avez d'autant plus horreur de perdre que, confiant en vos capacités et en vos dons, vous êtes toujours convaincu du bien-fondé de vos réussites. Rien à vos yeux ne récompense mieux vos efforts que la reconnaissance et le respect de vos pairs. Cela vous vaut souvent la réputation d'être un mauvais joueur, et surtout un mauvais perdant.

En société, vous vous montrez plein d'entrain, brillant et drôle, avec un sens de l'humour parfois un peu caustique. Votre intelligence vive, facile et inventive vous rend très créatif. Vous bouillonnez toujours de mille projets, auxquels vous ne vous contentez pas de rêver, mais que vous mettez en œuvre et menez à bien grâce à votre sens pratique et à votre dynamisme. Vous faites preuve d'une énergie véritablement incroyable !

Dans vos relations amoureuses, vous êtes un amant magnifique, porteur d'une sensualité riche et capable de sentiments passionnés.

La femme Lion

Madame Lion, vous êtes née sous le signe de la séduction. Votre magnétisme est d'autant plus irrésistible que vous adorez plaire et vous sentir au centre de l'attention. Pour cela, vous n'hésitez d'ailleurs pas à vous parer des plus luxueux artifices, car à vos yeux rien n'est trop beau pour vous. Honnête et digne de confiance, vous possédez en outre une grande stabilité qui, alliée à votre goût pour le plaisir et la beauté, fait de vous une merveilleuse compagne – à condition de ne pas laisser votre nature orgueilleuse prendre le dessus !

L'intensité de votre vie émotionnelle et amoureuse exerce un attrait d'autant plus puissant sur le sexe opposé que peu d'hommes résistent à votre univers de beauté, de luxe et de volupté. Pourtant, ceux qui s'arrêtent aux apparences risquent d'être surpris, car derrière vos airs de diva se cache en réalité une très grande romantique.

Dans le domaine de l'amitié, vous êtes un don du ciel. De nature généreuse et bienveillante, vous représentez en effet un appui solide pour vos proches, qui sont assurés de trouver auprès de vous une oreille attentive, mais aussi un avis honnête et les encouragements dont ils ont besoin. Vos conseils sont d'autant plus précieux aux êtres qui vous sont chers que votre intuition et votre sens inné de la psychologie vous permettent de comprendre les motivations d'autrui sans vous tromper.

Cet intérêt spontané pour la vie des autres se retrouve également dans votre vie sociale, où vous vous révélez être une hôtesse incomparable. Vous avez en effet le don de mettre tout le monde à l'aise et d'animer une conversation. Revers de la médaille ou simple petit travers ? Vous faites souvent preuve d'un goût immodéré pour les bavardages et les potins.

Mesdames les natives du Lion, votre sociabilité et votre besoin de vous sentir utiles vous poussent vers des carrières qui vous permettent d'aider les autres ou encore d'être en contact étroit avec le public. Ainsi faites-vous d'excellentes psychologues ou thérapeutes, mais aussi de très bonnes actrices. Cadres dans une entreprise, vous réaliserez des merveilles, à condition d'éviter la routine et de ne pas avoir à vous occuper des détails. Vous recherchez avant tout les activités variées, qui vous offrent l'occasion d'exprimer votre sens de la responsabilité, de la communication, de la gestion et de l'organisation.

Le bébé
et l'enfant Lion

Les aptitudes du petit Lion
Le bien-être et la santé du petit Lion

Le bébé et l'enfant Lion

Dès sa naissance, le petit Lion, par son charisme et son naturel extraverti, constitue le point de mire de tous les groupes où il évolue. Tout le monde l'aime, et si ses parents n'y prennent pas garde, il apprend très vite à profiter de cette popularité pour réduire gentiment en esclavage son entourage, et le charger d'exécuter à sa place les tâches qui l'ennuient. Doté d'une forte personnalité, il se montre en effet facilement dominateur, et cache une volonté de fer sous ses dehors joyeux et joueurs.

Même s'il est persuadé d'être le meilleur, l'enfant Lion a sans cesse besoin d'attirer l'attention, d'être flatté, approuvé, aimé et traité avec les égards qu'il mérite. Il possède en effet un orgueil très développé, et mieux vaut éviter de le critiquer trop vertement (en particulier devant ses camarades ou des étrangers) si l'on ne veut pas qu'il se rebelle contre l'autorité — ce qui ne doit pas empêcher de lui apprendre à respecter la liberté d'autrui et à ne pas se montrer trop envahissant.

En fait, l'éducation du petit Lion requiert un savant dosage d'autorité et de tendresse. Il faut jouer sur sa fierté tout en prenant soin de ne pas le blesser trop profondément dans son orgueil, au risque de voir cet extraverti se replier dans sa coquille. Attention également à ne pas lui donner l'impression que ses frères et sœurs reçoivent plus d'attention que lui !

Débordant d'énergie, toujours à la recherche d'une nouvelle aventure ou d'un nouveau défi, l'enfant Lion se distingue souvent dans les domaines sportif et artistique.

S'il se montre un peu paresseux dans les autres matières, n'essayez pas de le forcer, mais faites plutôt appel à sa fierté et à son désir d'être le meilleur. Certes, il n'est pas toujours facile de dompter un petit Lion, et, certains jours, cette tâche vous semblera même impossible. Dans ce cas, n'oubliez pas la règle d'or de son éducation : une discipline douce mais constante, et beaucoup d'amour et de tendresse. Afin de l'aider à développer la force et l'endurance qui lui garantiront le succès dans le futur, il est en outre nécessaire de donner au petit Lion l'occasion de prendre ses propres décisions très tôt. Il s'y fera très facilement si on l'encourage pour ses bons résultats. L'enfant de ce signe est né pour mener, commander, et ses professeurs peuvent compter sur lui pour occuper leur place en leur absence : il saura contrôler ses camarades comme un pédagogue expérimenté. Attention cependant : son goût pour le jeu risque de transformer la classe en salle de fête.

Parce qu'il aime tout ce qui est rare et cher, l'enfant Lion appréciera l'argent plus que ses frères et sœurs. Il manifestera des émotions intenses et turbulentes dès son plus jeune âge et dévorera la vie à belles dents. Plus tard, ses amis et ses amant(e)s connaîtront sans doute à ses côtés des moments de passion et d'extase, suivis des affres du désespoir d'un cœur brisé.

Mais en attendant ce jour, ses parents ne doivent pas oublier que, même s'il paraît solide et fort, sa peur secrète est de ne pas l'être autant qu'il en a l'air. C'est pourquoi vous devrez l'embrasser tous les soirs et tous les matins et lui rappeler à chaque instant combien vous l'aimez.

Les aptitudes du petit Lion

Le Lion est susceptible de connaître des changements majeurs dans sa destinée et dans sa carrière. Il aura un grand potentiel de réussite s'il apprend à être patient et persévérant dans ce qu'il entreprend. S'il trouve une profession qui lui apporte une certaine sécurité – faute de mieux –, il s'y consacrera avec sérieux, mais l'abandonnera sans hésiter pour un emploi moins stable si celui-ci représente un challenge excitant. Le Lion aime que son travail lui permette de montrer ce dont il est capable et de se dépasser. Sa destinée sera riche en expériences et il s'adaptera avec facilité à la plupart des situations auxquelles il sera confronté. Pour donner le meilleur de lui-même, il devra trouver un point d'ancrage dans sa vie. Il sera toujours en train de chercher un projet plus ambitieux ou une nouvelle profession plus stimulante, ou de créer sa propre entreprise.

Les métiers lui donnant l'occasion de s'exprimer, tels que journaliste ou présentateur télé, acteur, artiste, metteur en scène et technicien de cinéma, lui conviendront parfaitement. Il se dirigera également avec profit vers des carrières en rapport avec le sport, la nature, le tourisme ou les loisirs – athlète professionnel, garde forestier, naturopathe, gérant d'hôtel, de night-club, de casino ou de centre de loisirs, agent de tourisme, prof de gym, éleveur de chevaux, golfeur professionnel... De même, il pourra choisir une orientation en rapport avec son goût pour les belles et les bonnes choses en devenant coiffeur, maquilleur, vendeur de parfums ou restaurateur. Et, bien sûr, il sera à son aise dans des domaines faisant appel à son tempérament indépendant et de leader – professeur, médecin, comptable, chimiste, industriel, politicien.

Le bien-être et la santé du petit Lion

Le signe du Lion régit les fonctions cardio-vasculaires, ainsi que la colonne vertébrale et la rate.

Dotés d'une grande vitalité, les enfants nés sous ce signe auront peu de problèmes de santé. Attention cependant à ce qu'ils ne dépassent pas leurs limites en poursuivant leurs activités – physiques ou mentales – jusqu'à tomber de fatigue, d'autant que leur fierté risque de les empêcher d'avouer leur lassitude ou un problème physique quelconque. Leur goût pour la vie, les repas fins et copieux et les nourritures riches risquent aussi de les conduire à la gourmandise et à l'embonpoint, ce qui, si l'on n'y prend garde, pourrait entraîner des problèmes cardiaques plus tard.

Sa tendance à tout pousser à l'extrême conduira parfois le petit Lion à une certaine paresse physique. Pour éviter cet écueil, il est conseillé de lui faire faire un sport de compétition, qui lui permettra de passer beaucoup de temps en extérieur, de s'exposer au soleil, de s'amuser, et de chahuter avec son petit groupe de rivaux et d'admirateurs. Ce sera aussi pour lui l'occasion de s'exprimer librement, tout en comprenant qu'il ne doit pas se montrer trop agressif avec ses camarades moins doués ou plus lents.

Pour préserver la santé de leur enfant, les parents du Lion incluront dans ses repas des fruits et légumes frais en grande quantité, des laitages – fromages frais, yoghourts nature – des œufs, du poisson, du poulet et beaucoup de pain.

Afin d'éviter des problèmes à plus long terme, ils veilleront également à ce qu'il ne souffre pas de carence en vitamine B2, potassium ou fluorine. Ses maladies les plus fréquentes étant souvent localisées dans le système digestif, il est en outre conseillé d'éviter les aliments qui l'irritent, et de le faire manger dans une atmosphère calme et harmonieuse, sans se presser, en mâchant bien chaque bouchée avant de l'avaler, et de lui donner beaucoup d'eau et de jus de fruits.

Numérologie

Découvrez ce que vous réserve 2003 grâce à votre date de naissance

Notre date de naissance influe sur nos actes et sur tout ce qui nous arrive, ce qui en fait l'événement le plus important de notre vie... Pendant des siècles, les calculs basés sur cette date ont été considérés comme la meilleure façon de prédire la destinée des hommes. Selon cette méthode, la personnalité et l'avenir de chaque individu peuvent être exprimés en chiffres, lesquels constituent un véritable langage : chaque nombre de notre date de naissance recèle un pouvoir bien supérieur à la simple expression d'une quantité.

Vous aussi pouvez détenir la clé de votre destinée et découvrir votre chiffre porte-bonheur pour 2003 ! Pour cela, il vous suffit de réduire votre date de naissance à un seul chiffre. Prenons pour exemple une personne née le 8 septembre 1978 (8 / 9 / 1978).

1) Additionnez individuellement tous les chiffres de votre date de naissance.

Par exemple :8 + 9 + 1 + 9 + 7 + 8 = 42

2) Additionnez ensuite les deux chiffres ainsi obtenus.

Par exemple : 4 + 2 = 6 (réduisez toujours le nombre obtenu à un seul chiffre)

3) Le chiffre 6 est maintenant votre chiffre personnel de destinée.

N'oubliez pas que, si, suite au calcul effectué en 2), vous obtenez un nombre à deux chiffres, vous devez additionner ces derniers : ainsi, si votre total est de 21, additionnez simplement 2 + 1 = 3.

Toutefois, si votre résultat est 11 ou 22, gardez-les tels quels, car ce sont des nombres forts.

Une fois calculé votre chiffre personnel de destinée, c'est-à-dire 8 + 9 + 1978= 42 = 6, ajoutez ce dernier chiffre à l'année 2003 ; soit 6 + 2 + 0 + 0 + 3 = 11.

Réduisez toujours le total à un seul chiffre, excepté pour le 11 et le 22.

Maintenant que vous connaissez votre chiffre personnel de destinée pour 2003 (dans cet exemple : 11), reportez-vous au texte correspondant à ce numéro.

1

Pour vous, 2003 sera marquée par l'action et les opportunités. Faites le point sur vos projets et lancez-vous ! Vous aurez certainement à fournir quelques efforts, mais l'année se présente très bien : n'hésitez pas à prendre des risques et, lorsque vous serez confronté à un problème, attaquez-le de front. Vous ne pourriez rêver meilleur moment pour opérer certains changements dans votre vie ; c'est l'année parfaite pour chercher un nouvel emploi, obtenir de l'avancement ou s'investir dans une association ou de nouveaux loisirs. Attention cependant : si vous ne faites pas d'effort conscient pour atteindre vos objectifs, certaines occasions pourraient vous échapper ! Soyez réceptif aux idées inédites et oubliez les problèmes passés pour vivre pleinement et différemment votre vie. Laissez libre cours à votre ambition : rien ne pourra vous arrêter ! Sur le plan affectif, tout vous réussit ; pourquoi ne pas faire le premier pas ? 2003 est une excellente période pour vous faire de nouveaux amis ou relations professionnelles. Si vous vivez en couple, plus aucune de vos difficultés passées ne sera désormais insurmontable ; les célibataires feront de belles rencontres et certains envisageront même le mariage ! Ne laissez personne vous détourner de vos buts quels qu'ils soient : agissez de manière courageuse, indépendante et confiante ; suivez vos intuitions. De bonnes vibrations soutiennent vos finances, il vous sera facile d'obtenir un prêt ou une augmentation, ou d'ouvrir un compte-épargne. Votre budget quotidien ne vous causera pas de soucis car vous saurez vous entendre avec vos créanciers. Ne bradez pas vos capacités professionnelles, campez fermement sur vos positions et gardez une attitude positive en toutes circonstances ; cette attitude poussera votre entourage à vous écouter. Dans l'ensemble, votre santé s'améliorera, mais il vous faudra surveiller votre poids. N'hésitez pas à faire de l'exercice.

Vos nombres porte-bonheur en 2003 :
6, 22, 28, 33, 35 et 42.

— 2 —

Vous aurez tout avantage à créer autour de vous une atmosphère détendue, car votre niveau d'énergie sera particulièrement bas. Il vous faudra être très patient avec votre entourage et prendre en compte les besoins de vos proches si vous voulez vivre en harmonie avec eux : votre aptitude à la coopération et au partage sera la clé de votre succès. Vous aurez parfois besoin de solitude pour réfléchir ; votre esprit sera affûté comme un rasoir ! Ne vous attendez pas à une promotion ou à des changements soudains, car 2003 est placée sous le signe de l'effort : les opportunités seront rares, et vos projets longs à se concrétiser. Même si vous devez faire face à bien des difficultés, ne tergiversez pas, vous ne feriez qu'empirer vos problèmes. N'essayez pas non plus de bousculer l'ordre des choses ou de battre des records, ou gare au stress et aux déceptions... Rassurez-vous : ce qui commence mal cette année aura en général une heureuse conclusion : le temps joue pour vous, patience ! Vous attacherez une importance particulière à vos biens personnels : c'est le moment d'épargner... Passez le plus de temps possible en famille ou entre amis. Il est possible que l'on vous demande de jouer les conciliateurs ; n'hésitez pas à offrir votre aide, les services que vous rendrez vous seront rendus au centuple. Votre attitude amicale sera contagieuse et vos relations personnelles connaîtront un merveilleux équilibre si vous êtes prêt à donner et recevoir ; évitez avant tout de vous montrer trop possessif ! Développez votre confiance en vous et apprenez à mieux comprendre vos propres émotions. Votre besoin de romantisme vous vaudra une nouvelle rencontre ou une entente plus profonde avec votre partenaire actuel. Le partage et la coopération étant les clés de votre année, c'est le moment idéal pour fonder une famille !

Vos nombres porte-bonheur en 2003 :

2, 10, 20, 31, 37 et 45.

3

Cette année, vous aurez envie de vivre à cent à l'heure et de profiter de la vie ! Les voyages, les distractions, les réunions et les négociations vous seront favorables. Donnez libre cours à vos aspirations : une fois sur les rails, rien ne vous arrêtera, car 2003 s'annonce riche en progrès et en aventure ! Vous serez d'humeur à faire la fête, et les prétextes ne manqueront pas : vous reprendrez contact avec de vieux amis et assisterez à de nombreuses célébrations, et vos multiples activités sociales vous permettront de nouer de nouvelles amitiés. D'ailleurs, aucun surcroît de responsabilités au travail ou dans la vie privée ne viendra gâcher l'ambiance, c'est donc le moment ou jamais de vous amuser loin des tourments du quotidien ! La communication sera votre atout majeur cette année : vous saurez vous vendre et grâce à votre grande créativité, attirerez l'admiration de tous. Votre succès risque bien d'attiser les jalousies et de faire jaser quelques commères : ne vous laissez pas impressionner, cela ne durera pas. La chance vous sourira tout au long de l'année ; c'est une excellente période pour les affaires, car vous aurez la fibre marchande et votre intellect tournera à plein régime. Votre vie sentimentale sera mise en vedette : vos relations amoureuses seront intenses et passionnées, et les célibataires pourraient même trouver l'homme ou la femme de leurs rêves. Ceux qui ne sont pas prêts à s'engager connaîtront des attirances fulgurantes et seront très romanesques.

Vos nombres porte-bonheur en 2003 :

1, 21, 24, 38, 40 et 43.

4

2003 sera une année de considérations pratiques qui exigeront de vous un bon sens de l'organisation. Attendez-vous à travailler dur et à accepter un surcroît de responsabilités chez vous comme au travail. Les événements imprévisibles ne manqueront pas et risquent de vous causer une certaine anxiété. Votre nervosité sera parfois difficile à gérer et vous aurez l'impression désagréable que quelque chose vous freine : peut-être est-ce tout simplement votre tendance à l'obstination et à la désorganisation ? Reprenez-vous ! Au travail, votre routine risque d'être momentanément bouleversée et votre efficacité sera mise à rude épreuve. Rien ne vous sera offert sur un plateau d'argent : vous aurez à prouver votre valeur. En tout cas, quelle que soit votre charge de travail, n'en faites pas trop et ne permettez pas aux pressions de s'accumuler aux dépens de votre santé ! Les contacts avec l'étranger et les voyages sont favorisés. Si vous êtes prêt à gagner votre argent durement, 2003 sera une bonne année sur le plan financier, car même si vous devez vous imposer quelques restrictions budgétaires, vous dépenserez votre pécule à bon escient. Dans votre vie privée, des disputes sont à prévoir : essayez de comprendre votre entourage et surtout, ne faites pas une montagne d'un rien ! Ne vous montrez pas trop arrogant et ne faites pas de promesses que vous ne pourriez tenir, cela coûterait cher à votre réputation... Ne vous inquiétez pas, une attitude positive et une bonne gestion de vos finances devraient suffire à arrondir les angles !

Vos nombres porte-bonheur en 2003 :

4, 13,15, 17, 19 et 34.

5

Préparez-vous à vivre une année enlevée et riche en aventures ; si votre quotidien ne vous offre pas les défis auxquels vous aspirez, vous irez jusqu'à vous en créer ! Certains imprévus viendront bousculer votre vie quotidienne, ce qui vous conviendra d'autant mieux que vous supporterez mal l'ennui. Faire des rencontres et partir à l'aventure : voilà ce qu'il vous faut... Et vous vous moquerez du qu'en-dira-t-on ! Gardez-vous cependant que cette fougue ne nuise pas à vos finances : tout ce qui brille vous attirera et vous vous autoriserez bien des caprices. Au cours de cette période, vous déborderez d'énergie et aurez de nombreuses occupations. Vous serez confronté à tant d'opportunités et d'expériences nouvelles que les excès vous guetteront ! Organisez scrupuleusement votre agenda si vous ne voulez pas vous sentir dépassé. En effet, seule une discipline stricte peut vous sauver de vos extravagances. Votre vie sentimentale sera également remplie d'excitation, car votre magnétisme et votre charme vous vaudront de nombreuses conquêtes. Ici aussi, évitez d'agir de manière trop impulsive : vous risquez de vous laisser emporter par vos rêves d'aventure et d'érotisme, sans penser aux conséquences. Protégez-vous.

Vos nombres porte-bonheur en 2003 :
3, 11, 12, 26, 39 et 44.

6

Cette année, vous devez ralentir le pas. D'une façon générale, vous vous sentirez plus attiré par la tranquillité et le confort de votre foyer que par les sorties ou les voyages. Votre famille prendra une grande importance dans votre vie : certains se feront construire la maison de leurs rêves, d'autres feront de la décoration d'intérieur ou du jardinage. La beauté et l'harmonie vous attireront et vous serez extrêmement créatif. Vos relations personnelles seront à l'honneur ; il est grand temps d'oublier vos difficultés et querelles : 2003 est l'année de la réconciliation ! C'est aussi la période idéale pour se marier ou créer un nid douillet pour deux. Ceux qui ont déjà trouvé l'âme sœur verront leur amour s'approfondir. Comme vous n'aurez plus goût aux folles sorties, vous n'aurez aucun mal à vous concentrer sur votre routine professionnelle, et de nouvelles responsabilités vous apporteront une plus grande stabilité. Votre esprit est en éveil cette année et vos besoins intellectuels, sentimentaux ou matériels sont particulièrement bien équilibrés. Côté budget, les investissements seront favorisés et les conseils avisés de vos proches vous seront d'une grande aide. Votre sécurité financière et celle de votre famille sont assurées, vous ne laisserez rien ni personne vous priver de cet argent si durement épargné !

Vos nombres porte-bonheur en 2003 :
7, 8, 16, 29, 30 et 41.

7

Au cours de ce cycle, vos projets n'aboutiront pas aussi vite que vous l'espérez. Mieux vaut éviter de vous précipiter tête baissée dans de nouveaux projets. Quelques obstacles vous donneront sûrement l'impression de régresser, mais cette période vous sera finalement bénéfique. La meilleure façon pour vous de gérer cette année un peu confuse sera de réfléchir posément avant d'agir. Vous inquiéter inutilement ne ferait qu'aggraver votre stress. Vous aurez l'occasion de démêler des situations délicates dans tous les domaines. Votre patience sera parfois mise à l'épreuve, mais gardez votre sang-froid et évitez les conflits inutiles. Sur les plans financier et professionnel, même consigne : évitez de vous lancer dans des projets soi-disant miraculeux pour faire fortune en un temps record ! Ce n'est pas le bon moment pour prendre des risques. Bien que 2003 ne soit pas une année très rentable, vous n'aurez pas de gros soucis financiers. Ne signez jamais un contrat sans l'avis d'un expert et réfléchissez à deux fois avant de prendre un engagement professionnel. Ne vous laissez surtout pas entraîner dans des projets qui ne vous plaisent pas. En ce qui concerne votre vie privée et vos loisirs, la tendance est également à la réflexion : vous aurez parfois envie de vous retrouver seul, et trouverez un grand réconfort dans les promenades, le théâtre ou la musique. Certains auront besoin de rompre la routine et seront tentés par un voyage. Veillez à vous occuper l'esprit pour chasser l'ennui : vous profiterez peut-être de cette excellente période sur le plan intellectuel pour vous lancer dans les études ou suivre une formation. Surveillez votre santé, ne laissez aucun symptôme s'aggraver avant d'agir. Dans l'ensemble, adopter une attitude positive vous tirera de bien des mauvais pas.

Vos nombres porte-bonheur pour 2003 :
7, 9, 10, 25, 27 et 36.

8

2003 est placée sous le signe de la réussite et de la reconnaissance sociale. Au cours de ce cycle, vous aurez la possibilité de réaliser vos rêves : lancez-vous, n'ayez pas peur de prendre quelques risques ! Vous serez extrêmement ambitieux, clairvoyant, courageux et efficace. Attention cependant : le destin, qui semble se pencher sur votre cas, suit la loi de l'équilibre. Veillez donc à assumer pleinement vos actes si vous ne voulez pas subir de retour de manivelle ! Sur le plan professionnel, vous traverserez une période extrêmement productive. Votre travail sera reconnu et votre situation financière s'améliorera. Mais ne vous attendez pas à un miracle : il ne faudra pas ménager votre peine pour obtenir ce que vous souhaitez. Vos relations avec votre entourage seront excellentes, car votre diplomatie et votre sang-froid feront grande impression ; vous n'aurez aucun mal à vous détacher des situations ou des personnes négatives qui croiseront votre chemin, et réussirez toujours à contourner les obstacles. De plus, vous obtiendrez sans peine le soutien de vos proches. Vos relations personnelles devraient elles aussi bénéficier de cette période faste, mais vous serez plus intéressé par l'amélioration de vos statuts social et financier que par les histoires d'amour ! Votre esprit est à la compétition, et lorsque vos concurrents vous feront une guerre sans merci, vous en savourerez chaque minute. Allez de l'avant, 2003 est votre année !

Vos nombres porte-bonheur en 2003 :
7, 14, 21, 23, 38 et 40.

9

Sans en avoir pleinement conscience, vous entrez dans un des cycles les plus importants de votre vie ! Bien des choses prendront fin, mais c'est pour mieux préparer l'avenir : cette année, votre vie va changer, ainsi que votre comportement. L'ampleur de ces changements dépendra évidemment de ce que vous avez accompli jusqu'à présent. Vous devrez rester à l'affût des occasions et faire des projets à long terme. Profitez de cette période pour traiter les questions que vous avez négligées, car il vous faudra vous débarrasser de tout ce qui vous est inutile avant de passer à l'action. Vous devrez vous imposer une discipline rigoureuse : vous aurez une montagne de travail à abattre ! Côté santé, vous aurez en 2003 la force morale nécessaire pour vous débarrasser de toutes vos mauvaises habitudes. Quels que soient les maux dont vous souffrez, il n'est pas de meilleur moment pour les régler : profitez de cet excellent cycle pour rendre enfin visite à votre dentiste, vous lancer dans un programme de remise en forme ou dans un régime. Les sports, les activités de plein air et la relaxation seront une source de plaisir. Gardez un œil sur vos finances : votre compte devrait connaître de très fortes fluctuations. Reportez vos dépenses importantes à une date plus propice, vos achats de cette année pourraient vous décevoir. Il vous arrivera parfois de vous sentir très seul, car certains membres de votre famille risquent de déménager. N'oubliez pas : vous ne prendrez pas de nouveau départ cette année, vous le préparerez. Mettez vos affaires en ordre, faites vos comptes, bouclez vos projets en cours et débarrassez-vous du superflu, car de grands changements s'annoncent !

Vos chiffres porte-bonheur en 2003 :

3, 5, 8, 21, 28, 32.

11

Vous entrez dans une période cruciale de votre destin qui offre un grand potentiel de joie et de succès. Votre créativité et votre intuition sont à leur zénith : laissez libre cours à votre imagination et suivez votre inspiration, car l'année 2003 est particulièrement favorable aux artistes et aux chercheurs. Vos efforts passés seront reconnus, et certains d'entre vous connaîtront même la célébrité et la richesse, car de merveilleuses opportunités s'offrent à vous ! Les événements qui surviendront cette année et les rencontres que vous ferez vous aideront à mûrir et à appréhender le monde de façon plus ouverte. Ce cycle se prête particulièrement aux révélations et aux prises de conscience : vous trouverez des réponses à vos questions et à vos désirs les plus secrets ! En ce qui concerne vos rapports avec autrui, vous devrez absolument donner autant que vous recevrez et faire preuve de tact et de diplomatie : prenez garde de n'écraser personne durant votre ascension professionnelle ou sociale car les réactions seraient violentes et il pourrait vous en coûter. Mais, dans l'ensemble, le monde vous appartiendra si vous restez positif et suivez vos intuitions. L'accroissement de votre sensibilité et de votre nervosité pourra créer des tensions dans vos relations personnelles : ouvrez-vous aux autres, essayez de mieux les comprendre et de compatir à leurs problèmes.

Vos nombres porte-bonheur en 2003 :

9, 23, 26, 29, 36 et 43.

22

Attendez-vous à des changements significatifs cette année, car ce cycle est une manne providentielle qui vous permettra d'accomplir de grandes choses. Le chiffre 22 est malheureusement très rare mais, lorsqu'il sort, c'est de l'or que vous avez entre les mains ! Vous serez déterminé, dynamique, voire autoritaire, et plein de bonnes intentions. N'oubliez pas de faire profiter votre entourage de votre chance ! Vous serez peut-être mis à l'épreuve, et votre capacité à relever les défis qui se présenteront déterminera l'étendue de votre triomphe. Cette année, tout est possible : vous vous investirez peut-être dans des projets à grande échelle qui exigeront de vous beaucoup de travail et un esprit d'aventure... Cette période est également propice à l'expression personnelle, aux changements de carrière, aux affaires et aux voyages. Que vous souhaitiez ou non le changement, vous serez amené à rompre vos habitudes pour vous embarquer vers de nouveaux horizons. Le monde est à vos pieds, et tout ce que vous entreprendrez cette année aura des conséquences inespérées sur votre avenir ; certains connaîtront même la célébrité ! Ce cycle est l'un des rares que l'on puisse réellement qualifier de chanceux, et offre en prime le sentiment d'être libre comme l'air : vous ne manquerez ni d'audace ni de curiosité ! Si vous comptiez passer une année tranquille, vous allez être surpris, car 2003 est une période d'une grande productivité. Votre esprit et votre corps seront en parfaite harmonie, et si parfois vous ressentez un peu de nervosité, ne vous en inquiétez pas outre mesure : elle indique juste que vous débordez d'énergie et, vu ce qui vous attend, vous n'en aurez jamais trop ! Pour couronner le tout, cette année riche en surprises vous garantit des moments inoubliables dans votre vie sentimentale... L'amour et le mariage sont particulièrement favorisés !

Vos nombres porte-bonheur en 2003 :
13, 19, 26, 29, 37 et 40.

Le Lion
et l'amour

Votre partenaire et vous

Vos affinités et vos différences

Votre partenaire et vous

Vos affinités et vos différences

Lion/Bélier

Des liens forts, une admiration réciproque
Attention aux conflits d'ego

Lion/Taureau

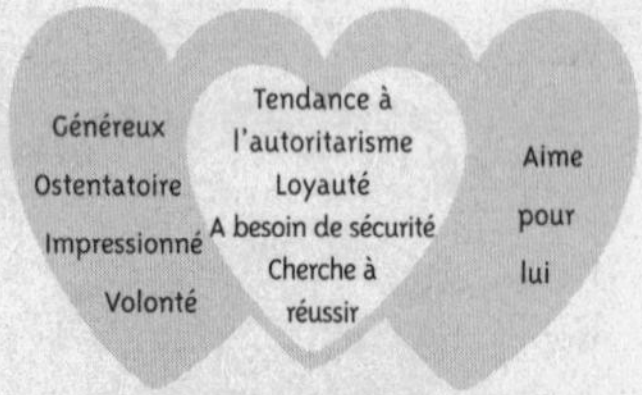

Une union pour le meilleur et pour le pire
Attention aux problèmes de communication

Lion/Gémeaux

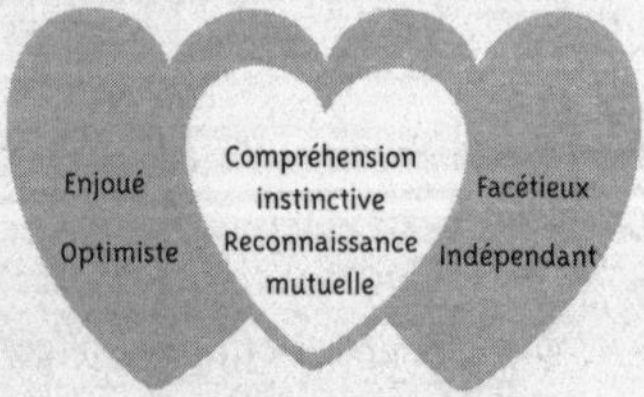

Un duo spirituel et subtil
Attention à l'imprudence

Lion/Cancer

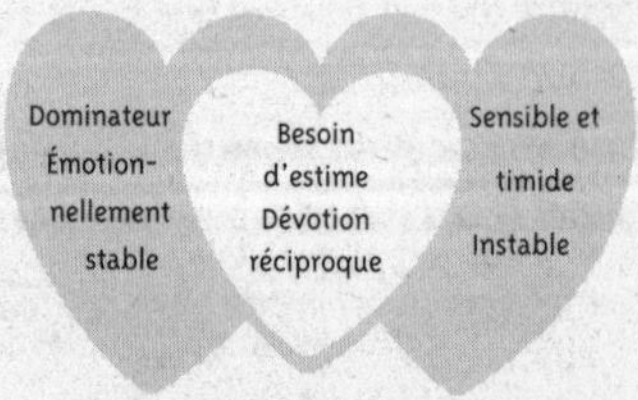

Un amour profond et passionné
Attention à la jalousie et la possessivité

Le Lion et les autres signes

Lion et Bélier

Vous êtes tous deux indépendants et maîtres de votre destinée, mais là où le Bélier est plutôt indifférent à l'opinion des autres, le Lion a besoin de l'approbation de ceux qui l'entourent. S'il règne, entre vous, une grande harmonie, vos disputes risquent d'être hautes en couleur et plutôt houleuses !

Vous nourrissez tous les deux le désir secret d'être le centre de l'attention, et vous risquez d'entrer en compétition pour gagner la première place. En revanche, vous avez un respect profond pour les individualités affirmées, et vous appréciez cette qualité chez l'autre, ainsi que son intégrité.

Il existe une grande compatibilité entre vous, à condition que vos ego très forts n'entrent pas en conflit. Vous pourrez faire du très bon travail ensemble, car vous avez la capacité de vous concentrer sur une tâche, de vous mettre d'accord sur ce qu'il faut faire, et de le faire vite et bien. Vous aimez les longues conversations avec votre partenaire, vous vous sentez bien en sa compagnie, et le sentiment d'amitié et de compréhension mutuelle qui vous unit est très satisfaisant et positif. Vous ressentez également une attraction sentimentale forte, et une grande admiration mutuelle. Vous aurez des gestes romantiques et affectueux l'un envers l'autre, comme d'offrir des fleurs ou un cadeau inattendu, et vous continuerez d'agir ainsi car vous accordez beaucoup de prix à votre relation.

Votre communication mentale, émotionnelle et spirituelle sera un facteur d'harmonie et de continuité dans votre relation. Vous consacrerez beaucoup de temps et d'attention à l'autre, en allant parfois jusqu'à limiter les contacts extérieurs pour passer plus de temps ensemble.

Lion et Taureau

Vous êtes aussi volontaires et têtus l'un que l'autre : une fois que vous avez décidé de vous consacrer à une personne ou à un projet, vous imposez votre volonté coûte que coûte. La longévité et la loyauté seront les fondements de votre relation.

Tous deux constants dans vos sentiments, vous recherchez un partenaire chaleureux, stable et fiable, plutôt que quelqu'un qui hésitera à s'engager totalement. Le confort matériel et la réussite sont également très importants pour le Taureau et pour le Lion, mais pour des raisons différentes. Le Taureau a besoin de la sécurité que procure un compte en banque bien garni, et du confort qu'il peut acheter. Le Lion a un sens inné de la grandeur et de la générosité et aime à produire une forte impression sur son entourage.

Votre relation aura donc le profil des montagnes russes, et vos sentiments connaîtront les extrêmes. Vous vivrez des périodes d'attraction intense, puis serez tentés de reprendre vos distances parce que vous vous agacez mutuellement.

Il est possible que vous éprouviez des difficultés à exprimer vos pulsions sexuelles et que les énergies ainsi bloquées créent en vous un sentiment de frustration et de colère. Vos humeurs, pas toujours en phase, joueront un grand rôle dans votre relation physique et psychologique.

Des problèmes de communication compliqueront parfois votre relation. Si vos conversations se réduisent au strict nécessaire, cela peut être le signe d'une frustration profonde que vous ressentez tous les deux en ce qui concerne vos échanges. C'est là un problème complexe qu'il vous faudra impérativement résoudre si vous voulez assurer la durée de votre relation. Cependant, le Taureau trouvera toujours dans le Lion un partenaire à sa mesure. Votre duo vous apportant de vraies satisfactions, vous serez motivés pour apprendre à mieux parler et écouter.

Lion et Gémeaux

Votre côté enfantin et joueur se manifeste particulièrement lorsque vous êtes ensemble. Vous aimez tout ce qui est spectaculaire, dramatique et haut en couleur, et vous aimez l'autre parce que, à vos yeux, il possède ces qualités. Le Lion est habituellement enjoué et optimiste, il adore profiter des plaisirs de la vie comme un enfant, et ce côté de sa personnalité est encouragé par la présence du Gémeaux. Ce dernier a de l'humour, il est spirituel et émotionnellement détaché.

Vous êtes attirés l'un vers l'autre parce que vous vous comprenez instinctivement, et qu'il y a entre vous de forts sentiments d'appartenance, d'intimité et de reconnaissance mutuelle. A cause de vos affinités et de l'entente profonde qui vous unit, vous serez motivés et capables de surmonter tous les problèmes ou désaccords qui pourraient survenir entre vous.

Votre lien émotionnel est très complexe, et vous êtes très sensible au magnétisme et au charisme de votre partenaire. Vous suscitez chez l'autre des réactions émotionnelles intenses, et vous devrez apprendre à être très prudent si vous voulez faire durer votre relation : une querelle pourrait en effet facilement être déclenchée par la jalousie, le manque de considération, ou tout simplement le refus de changer des habitudes établies qui offensent l'autre.

La tolérance et le pardon vous viennent facilement ; ils vous seront précieux pour résoudre les problèmes auxquels vous aurez à faire face.

L'essence de votre relation sera plutôt spirituelle et subtile.

Le lien psychique entre vous est fort ; vous pourriez même faire l'expérience d'un étrange pouvoir de « lire » les pensées de l'autre et de lui envoyer des messages par télépathie. Les questions métaphysiques et l'intérêt pour l'imaginaire passeront au premier plan et deviendront une composante importante de votre relation.

Lion et Cancer

Vous prenez tous les deux la vie comme une affaire personnelle, et vos sentiments et votre orgueil sont facilement blessés par la critique ou le manque d'estime des personnes qui vous sont chères.

Le Lion, le plus dominant des deux, prendra la direction du couple. Il cherche à s'affirmer et à être aimé, mais il n'est pas facile à connaître, parce qu'il n'admettra jamais ses faiblesses, ses problèmes, ses doutes et ses insécurités.

Le Cancer est beaucoup plus doux, privé, sensible et timide que le Lion. Les cabotinages du Lion l'agacent parfois, et ce dernier, qui a une bonne stabilité émotionnelle, aura du mal à comprendre les hauts et les bas des humeurs du Cancer.

Les sentiments romantiques et l'attirance sexuelle sont très forts entre vous. Attention à ne pas vous laisser envahir par la jalousie, la possessivité, ou des déferlements d'émotions non contrôlées, qui vous feraient osciller entre l'amour et la haine.

Vous pouvez vous montrer très ouverts l'un envers l'autre et atteindre ces niveaux d'intensité émotionnelle où une explosion devient possible. Votre style amoureux est du genre « tout ou rien » et vous exigez de votre partenaire une dévotion aussi totale que celle dont vous faites preuve.

Ce qui initialement était ressenti comme un amour fou pourrait, avec le passage du temps, se colorer d'autres émotions. Le désir de contrôler, de dominer ou de manipuler pourrait être un des éléments négatifs cachés de votre lien, et des problèmes de confiance et de trahison, revers de médaille d'un amour profond et passionné, pourraient surgir entre vous.

Une des raisons pour préserver votre relation est qu'ensemble vous profiterez de la vie au maximum : plus vous passerez de temps l'un avec l'autre, plus vous ressentirez les effets positifs de votre union sur votre santé et sur votre réussite.

Votre partenaire et vous

Vos affinités et vos différences

Lion/Lion

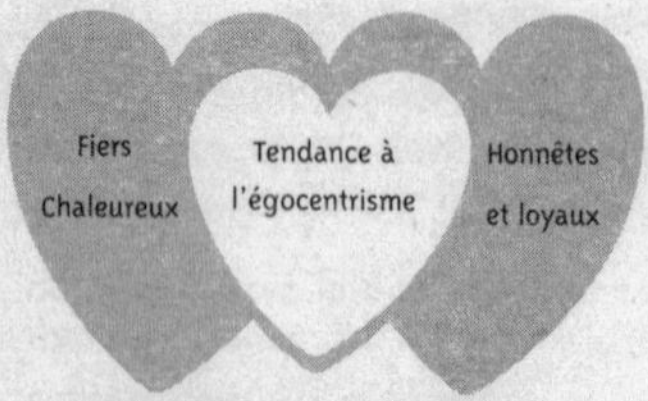

Un attachement très profond
Attention à la jalousie et aux excès émotionnels

Lion/Vierge

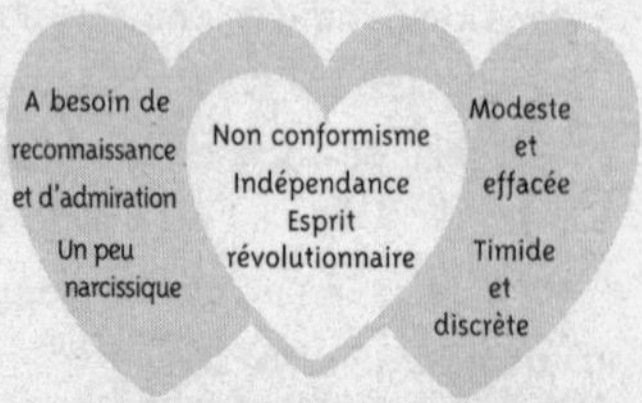

Un couple complémentaire et équilibré
Attention aux querelles pour des futilités

Lion/Balance

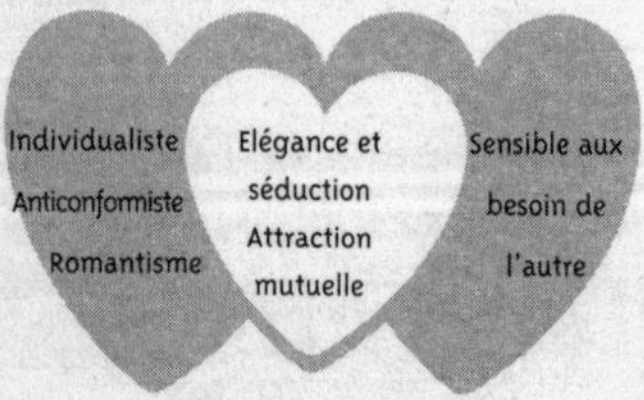

Une relation stimulante et enrichissante
Attention à la vanité

Lion/Scorpion

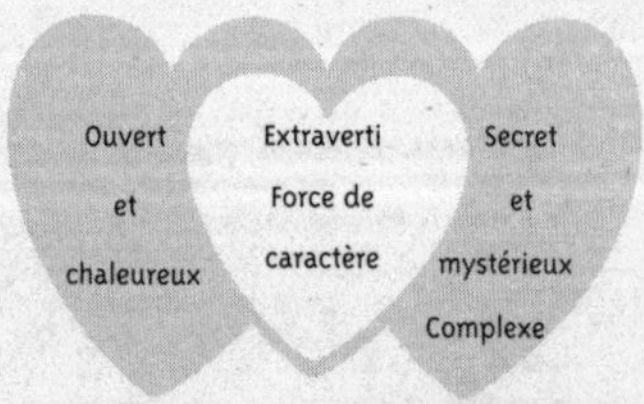

Beaucoup de chance et de réussite dans ce duo
Attention aux risques de jalousie

Le Lion et les autres signes

Lion et Lion

Tous deux fiers et chaleureux, vous avez aussi tendance à être égocentriques et à vouloir vous placer au centre de l'attention, d'où votre difficulté à partager le premier rôle avec un partenaire – même s'il s'agit d'un autre Lion ! Pour vivre ensemble, vous devrez donc coopérer et cesser de vouloir dominer l'autre, ce qui n'est pas un comportement spontané chez vous.

L'un et l'autre honnêtes et loyaux, vous apprendrez à vous respecter et à vous faire confiance mutuellement, mais vos personnalités vibrantes et solaires, qui vous incitent à dissimuler vos problèmes ou vos faiblesses pour ne montrer que votre côté brillant, vous pousseront souvent à vous comporter de façon théâtrale ou à exagérer vos sentiments et vos réactions. Cependant, si vous parvenez à vaincre l'insécurité profonde qui vous empêche de partager la vedette avec votre partenaire, vous transformerez cette rivalité en une grande admiration mutuelle. Votre relation sera heureuse et épanouissante ou, au contraire, très orageuse, mais jamais ennuyeuse.

Vous êtes fortement liés l'un à l'autre, par le corps et par l'esprit, et cet attachement risque de prendre une forme si intense qu'il frisera l'obsession. Dans ce cas, vous ressentirez l'intérêt de l'autre comme insatiable et trop exigeant. La jalousie, et les débordements émotionnels qu'elle entraîne, deviendra alors l'un des problèmes de votre relation.

L'avis impartial et objectif d'un conseiller indépendant vous sera parfois utile pour venir à bout des difficultés les plus importantes, aussi bien au niveau sentimental et conjugal que pratique.

Mais quels que soient les problèmes, vous aurez le sentiment d'avoir trouvé en votre partenaire un être exceptionnel, qui vous aime avec toute la passion dont les Lion sont capables, et avec qui vous pouvez enfin traiter d'égal à égal.

Lion et Vierge

Vos différences sont spectaculaires. Alors que la Vierge est modeste, effacée, timide et discrète, le Lion recherche l'approbation des autres, l'amour et les applaudissements. Dans cette relation, il tendra à monopoliser le feu des projecteurs et à éclipser et dominer la Vierge. Plus indépendante émotionnellement, la Vierge donnera parfois au Lion l'impression qu'elle ne flatte pas assez son ego et ne lui témoigne pas toute l'admiration à laquelle il estime avoir droit.

A la personnalité chaleureuse et quelque peu narcissique du Lion, s'oppose le caractère mesuré et réservé de la Vierge. Là où le Lion exagère ou dramatise la vie, la Vierge l'aborde de façon réaliste et factuelle.

Mais vous avez aussi des similitudes, parmi lesquelles le refus d'une vie conventionnelle et routinière, et une veine anticonformiste qui vous pousse à vous rebeller lorsque l'on essaie de vous dicter votre conduite ou de vous conformer à un modèle préétabli. Vous partagez un esprit révolutionnaire, des idées de libération et d'indépendance, et une tendance à faire voler en éclats les conventions lorsque vous exprimez vos pulsions profondes.

Une forme de rivalité s'instaurera dans votre relation, vous poussant à vous lancer des défis et à entretenir une certaine émulation entre vous, aussi bien au niveau intellectuel que sportif.

A condition de ne pas vous quereller pour des détails sans importance, vous formerez un couple équilibré, où chacun apportera beaucoup à l'autre, non seulement dans les aspects pratiques de la vie quotidienne, mais aussi dans le domaine professionnel, où vous formerez un partenariat dynamique et fructueux.

Lion et Balance

L'un et l'autre romantiques et « amoureux de l'amour », vous avez tous les atouts pour établir une relation chaleureuse et mutuellement enrichissante. Vous partagez le même besoin d'amour et de gestes tendres, vous aimez les cadeaux imprévus et les dîners aux chandelles, et vous accordez beaucoup d'importance à l'apparence extérieure. Chacun étant conscient de son élégance naturelle et de son pouvoir de séduction – parfois jusqu'à la vanité – recherchera et appréciera ces qualités chez son partenaire.

Mais si vos caractères chaleureux, ouverts et affectueux vous réunissent, vous vous montrez différents dans de nombreux domaines. Alors que le Lion est un individualiste, la Balance, elle, accorde plus d'importance au couple qu'à elle-même. Elle est aussi plus sensible aux besoins des autres, et plus disposée à les prendre en considération. Et bien que vous ne soyez ni l'un ni l'autre conventionnels ou particulièrement attachés aux traditions, le Lion aura plus de difficultés à se conformer aux règles sociales. Plus modérée, la Balance lui apprendra à rester fidèle à lui-même et à ses croyances sans éprouver le besoin constant de critiquer. Elle l'encouragera également à devenir plus naturel, plus « zen », et moins soucieux de son image. En revanche, le côté imprévisible et changeant de la Balance donnera parfois au Lion l'impression qu'il ne peut pas compter sur elle.

Votre goût pour les belles choses, le luxe et les décors de rêve, vous rapprochera, et votre couple, qui alliera le style et la magnificence du Lion au raffinement de la Balance, sera très remarqué et admiré.

A l'attraction immédiate qui vous a unis, succédera une relation stimulante et enrichissante, où la découverte et la spontanéité joueront un rôle important.

Votre passion ne s'éteindra jamais, mais elle s'accompagnera d'une tolérance et d'un respect fondamental de la liberté de chacun, qui vous pousseront à encourager votre partenaire à cultiver des amitiés personnelles, et à chercher des expériences positives et intéressantes à l'extérieur de votre couple.

Lion et Scorpion

Fiers, têtus et volontaires, vous appréciez la force de caractère de l'autre. Cette force représente d'ailleurs l'une des raisons de votre attirance mutuelle, ainsi que le plaisir de la conquête, qui caractérise chacun de vous et donne du piquant à votre relation. Néanmoins, votre volonté, forte, marquée, peut poser problème dans une relation à long terme. Des risques de jalousie ou de déséquilibre dans l'attachement mutuel sont aussi à craindre, le Scorpion s'investissant de tout son être dans ses relations amoureuses, tandis que le Lion, bien que très loyal, a un comportement moins intense, moins obsessionnel.

Vos tempéraments sont aussi différents que le jour et la nuit. A la personnalité ouverte, ensoleillée et chaleureuse du Lion, qui aime s'amuser et déteste perdre du temps en introspection, s'oppose celle, beaucoup plus secrète, du Scorpion, dont les émotions sont aussi complexes que profondes.

Le Scorpion est attiré par la profondeur, l'obscurité et le mystère, tandis que le Lion, plus extraverti, recherche la lumière et le côté brillant des choses. Beaucoup plus sociable que le Scorpion, il adore la compagnie, mais si ses contacts sociaux sont plus nombreux, ils sont aussi plus superficiels que ceux du Scorpion, qui préfère les soirées intimes aux grandes réceptions.

Quoi qu'il en soit, cette relation sera toujours placée sous le signe de la réussite et de la chance.

Votre partenaire et vous

Vos affinités et vos différences

Lion/Sagittaire

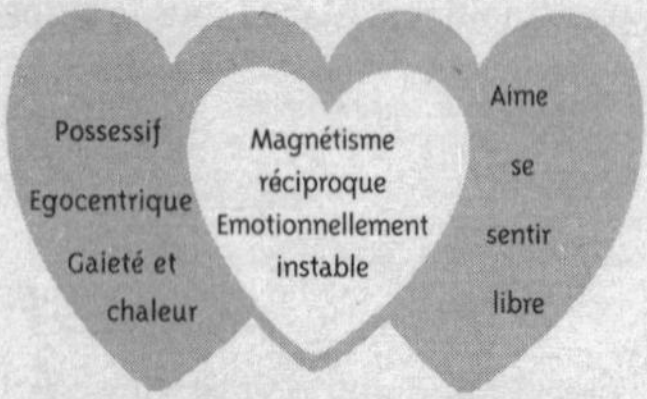

Une harmonie émotionnelle, excitante et originale
Attention aux problèmes de communication

Lion/Capricorne

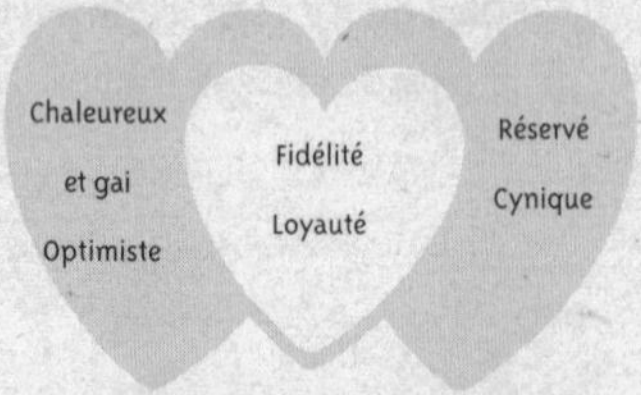

Un amour rêveur, romantique et idéaliste
Attention à ne pas trop idéaliser l'autre

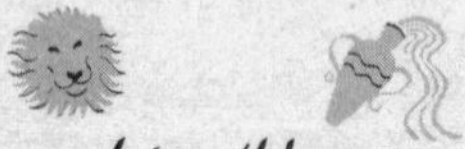

Lion/Verseau

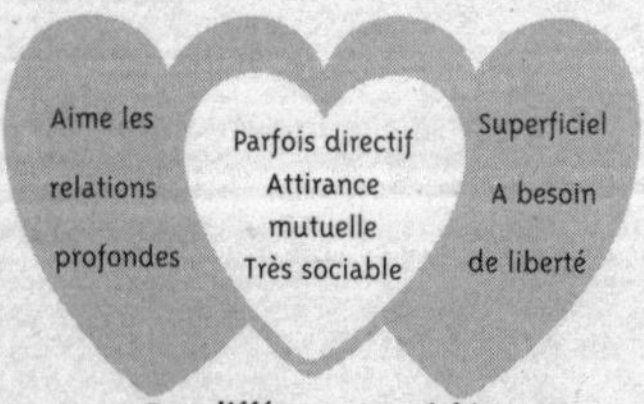

Des différences enrichissantes
Attention à rester honnête dans vos désirs et vos intentions

Lion/Poissons

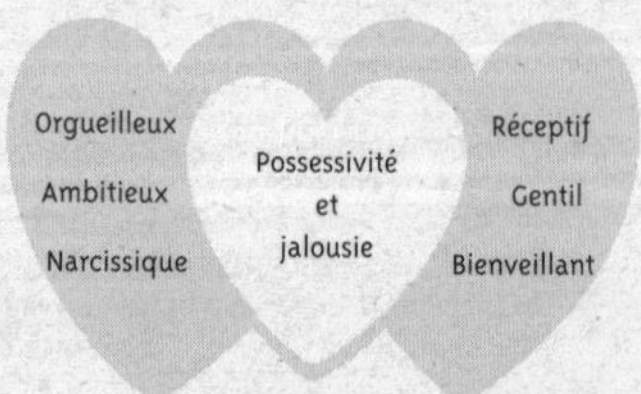

Une collaboration fructueuse
Attention à ne pas vous exaspérer mutuellement

Le Lion et les autres signes

Lion et Sagittaire

Il existe entre vous un magnétisme presque palpable : lorsque vous êtes ensemble, la chaleur, l'enthousiasme, la vitalité et la joie rayonnent autour de vous. Associées l'une à l'autre, vos personnalités gaies et chaleureuses renforcent encore votre naturel optimiste et généreux. Ensemble, vous vous sentez en harmonie émotionnelle, donc encore plus forts, plus entreprenants, et prêts à vaincre tous les obstacles qui pourraient se dresser devant vous.

Inspirés et imaginatifs, vous ferez de votre relation une expérience excitante et originale, et vivrez des moments extraordinaires, à condition d'accepter qu'à côté de vos nombreux points communs existent aussi des différences. Ainsi, sur le plan sentimental, le Sagittaire, plus remuant et moins stable que le Lion, aura besoin d'une plus grande liberté que lui, et se rebellera s'il le sent devenir trop possessif. Le Lion, qui exige l'attention et la dévotion de son partenaire, en éprouvera alors de la frustration et du ressentiment.

Certains problèmes de communication risquent également de donner naissance à des malentendus, en particulier en ce qui concerne des détails pratiques. D'autant que le Sagittaire a tendance à manquer de clarté lorsqu'il communique avec son partenaire, et qu'il ne prête guère plus d'attention aux détails que le Lion lui-même.

Mais ces différences ne vous empêcheront pas de voir les choses en grand ni de réaliser vos rêves : vous stimulez mutuellement votre idéalisme et votre enthousiasme et, ensemble, vous sentez que tout est possible !

Lion et Capricorne

Le Capricorne est plus détaché émotionnellement, plus réservé et plus terre à terre que le Lion, et son attitude un peu cynique contraste avec l'enthousiasme chaleureux et la gaieté de ce dernier. Optimiste de nature, le Lion communique sa bonne humeur au Capricorne, plus enclin à voir la vie en noir ou à pencher vers un réalisme lucide.

Vous avez tous deux la particularité de prendre vos engagements très à cœur et d'accorder une grande valeur à la fidélité et à la loyauté.

L'amour que vous vous portez a un aspect assez rêveur, romantique et idéaliste. Vous êtes tous les deux très amoureux de votre partenaire – parfois même fasciné par lui – et vous avez tendance à le voir sous un jour un peu trop parfait, qui ne correspond pas toujours à la réalité. Cette attitude risque de vous occasionner quelques désillusions lorsque vous découvrirez qu'il n'est pas l'être idéal que vous imaginiez. A certains moments, il se peut aussi que vous ayez l'impression que l'autre vous empêche d'exprimer votre personnalité, que vous ne vous sentiez plus sur la même longueur d'onde que lui, et que vos rythmes personnels ne soient plus en phase !

En ce qui concerne les affaires pratiques et quotidiennes, vous n'avez aucun problème pour vous entendre, et vous feriez de très bons partenaires au sein d'une entreprise. Dès que vos énergies se combinent, les opérations financières, les investissements et les plans pour votre avenir ont tendance à se voir couronner de succès. Faits pour travailler harmonieusement l'un avec l'autre dans un même but, vous formez une équipe qui gagne.

Lion et Verseau

Le Verseau est attiré par la chaleur et la vitalité du Lion, qui est lui-même séduit par l'originalité du Verseau, son intelligence et son ingéniosité. Pourtant, il existe quelques différences entre vous. En effet, même si le Verseau possède un large cercle d'amis et de connaissances, et si ces relations tiennent une place importante dans sa vie, il ne ressent pas comme le Lion le besoin d'établir des liens intimes avec autrui.

Le Lion veut toujours tout contrôler et se montre parfois très directif, alors que le Verseau est un rebelle amoureux de la liberté, qui résiste à toutes les formes d'autorité. Pourtant, en dépit de vos différences, votre relation sera positive, en particulier pour les questions pratiques, les échanges intellectuels, et la mise en place de projets communs, où vos points de vue, loin de se heurter, se complètent.

Il existe un magnétisme puissant entre vous qui, à certaines périodes, deviendra presque obsessionnel. Mais ce lien, même s'il est solide, ne garantit pas une harmonie de tous les instants, et le Verseau sera parfois exaspéré par le côté directif du Lion qui, lui, s'agacera un peu du côté bohème de son partenaire et de son détachement par rapport à la réussite sociale et aux réalités matérielles.

Bien qu'elles existent, vos différences ne nuiront pas au développement de votre relation, et se révéleront même une source d'enseignements précieuse, qui vous permettra de mieux vous ouvrir aux autres et à des points de vue différents des vôtres.

Vos relations privées seront excellentes si vous vous efforcez tous les deux d'être honnêtes, directs et sans ambiguïtés en ce qui concerne vos intentions et vos désirs.

Lion et Poissons

Très différent du Lion, le Poissons n'éprouve pas comme lui le besoin constant d'être reconnu, considéré, et de se sentir important. Dépourvu de l'orgueil et de l'ambition qui caractérisent son partenaire, il n'entrera pas en compétition avec lui, et sera heureux de rester dans l'ombre, à l'écart des honneurs que le Lion recherche.

La dominante émotionnelle du Lion est solaire, vibrante et chaleureuse, tandis que celle du Poissons est aquatique, rêveuse et changeante. Le Lion, plutôt narcissique, ne supporte pas qu'on l'ignore, qu'on le sous-estime ou qu'on ne reconnaisse pas ses mérites, alors que le Poissons est réceptif, gentil et dépourvu d'agressivité. Comparé au Lion, le Poissons risque d'être un peu débordé et de se laisser subjuguer par l'énergie conquérante de son partenaire.

Néanmoins, les extrêmes s'attirent, et vos différences risquent de donner un caractère obsessionnel à votre relation. A certains moments, pourraient alors surgir entre vous un sentiment d'attraction et de rejet, ainsi que des manifestations de jalousie et de possessivité. Si l'un de vous éprouve des difficultés à révéler ses sentiments profonds ou à modifier ses habitudes les plus enracinées, évitez de le bloquer en le brusquant.

Le Poissons, qui attend de son partenaire qu'il l'aime et lui soit entièrement dévoué, accorde moins d'importance à l'amour physique qu'au lien spirituel. Il n'en va pas de même pour le Lion, qui pourra parfois trouver son partenaire un peu trop réservé.

A condition de contrôler vos réactions d'irritation ou d'exaspération mutuelles, qui risqueraient de nuire à votre partenariat, votre collaboration sera fructueuse dans le domaine des affaires sociales, politiques ou intellectuelles.

Votre horoscope

2003

Panorama 2003

Les grandes tendances de votre année 2003

Votre vie professionnelle
Votre vie sentimentale
Votre budget
Votre santé et votre bien-être

Panorama 2003

Une année placée sous le signe de l'imprévu et de la nouveauté : de grands changements sont à envisager.

Janvier	1-5	Ne vous précipitez pas
	6-12	Prenez les bonnes décisions
	13-19	Plaisir et distraction
	20-26	Surveillez vos finances
	27-31	Beauté et bonté vous entourent
Février	1-9	Les compromis s'imposent
	10-16	Détendez-vous !
	17-23	La chance vous sourit
	24-28	Bonheur et harmonie
Mars	1-9	Une semaine trépidante
	10-16	Opportunités professionnelles
	17-23	N'en demandez pas trop
	24-31	Surveillez votre santé
Avril	1-6	Des surprises vous attendent
	7-13	Bonheur entre amis
	14-20	Des changements s'annoncent
	21-30	Le rangement s'impose
Mai	1-11	Finances au beau fixe
	12-18	Ménagez les susceptibilités
	19-25	Des idées à foison
	26-31	Voyages à l'horizon

Juin	1-8	Quelle créativité !
	9-15	Contrôlez votre impulsivité
	16-22	Ne soyez pas trop exigeant
	23-30	Le succès au rendez-vous
Juillet	1-6	La bonne humeur est de mise
	7-13	Sachez écouter les autres
	14-20	Des surprises vous attendent
	21-31	Gare aux excès
Août	1-10	Semaine propice aux voyages
	11-17	Vous êtes à l'honneur
	18-24	Ne soyez pas impatient
	25-31	La prudence s'impose
Septembre	1-7	Quelle ambition !
	8-14	Relations tendues à prévoir
	15-21	Finances au zénith
	22-30	Rien que du positif !
Octobre	1-5	Place à la nouveauté !
	6-12	Soyez attentif
	13-19	L'amour au beau fixe
	20-31	Surveillez vos dépenses
Novembre	1-9	Bonheur familial
	10-16	Vous débordez d'énergie
	17-23	Surveillez votre santé
	24-30	Pensez à économiser
Décembre	1-7	Détendez-vous
	8-14	Vous atteignez vos objectifs
	15-21	La chance vous sourit
	22-31	L'amour vient à vous

LES GRANDES TENDANCES DE VOTRE ANNÉE 2003

L'année de la consolidation

Pour la première fois en douze ans la présence de Jupiter dans votre signe, du 28 août au 31 décembre, indique une dominante de consolidation matérielle et garantit de nombreuses opportunités d'accroître vos ressources afin d'assurer votre sécurité à venir. 2003 sera sans nul doute un cycle de chance et, pendant le premier semestre, de nombreux changements d'orientation devraient se produire dans vos affaires, votre travail et vos projets ; ces mutations pourraient également concerner votre lieu de résidence, vos voyages et vos relations personnelles : certains de ces changements seront planifiés, alors que d'autres surviendront de façon tout à fait inattendue. Au cours de ce cycle, il est important que vous donniez le meilleur de vous-même et que vous utilisiez votre imagination pour remettre en question les habitudes qui vous empêchent de passer à la vitesse supérieure.

Changez de point de vue !

Certaines difficultés sentimentales, vos indécisions ou les obstacles auxquels vous vous heurterez si l'on s'oppose à vos idées pourraient vous empêcher de saisir certaines opportunités. Uranus, planète des événements inattendus, quittera la maison qui gère vos finances et votre nervosité à partir du 1er mars, et vous soulagera de vos problèmes financiers et affectifs. Au cours des sept prochaines années, cette planète révolutionnaire se déplacera dans votre secteur des voyages, des intérêts lointains, des poursuites intellectuelles et des projets d'avenir, vous invitant ainsi à découvrir la vie d'un point de vue totalement différent.

Soyez positif !

Vous devrez cependant vous montrer prudent tout au long de cette année, car vous pourriez devenir un peu rebelle, imprévisible et irritable : votre raison risque d'être perturbée par des bouffées de nostalgie, des rêves ou le réveil de traumatismes non résolus. Certains auront tendance à ressasser les événements difficiles qu'ils ont vécus ; pour d'autres, une personne qu'ils aiment toujours inconsciemment ou qu'ils aimeraient voir revenir dans leur vie deviendra une véritable obsession. Le long passage de Saturne dans le signe du Cancer à partir du 5 juin confirme cette tendance : vous devrez accepter d'affronter les mystères et les peurs que vous avez refoulés jusqu'à présent. Des choses que vous avez cachées ou que les autres vous ont dissimulées seront finalement révélées...

Une vie bien remplie

Votre vie quotidienne ne manquera pas d'animation au cours de cette année. Pluton continuera son voyage dans votre secteur des plaisirs, des distractions, des vacances, de la vie sociale et des amours ! La routine ne sera pas de mise : vous serez avide de nouvelles expériences et aurez envie d'élargir l'éventail de vos relations sociales. Vous serez particulièrement tenté par les voyages à l'étranger, la participation à des activités culturelles ou de groupe et, d'une façon générale, par tout ce qui vous permettra de multiplier les échanges, en particulier avec ceux dont les intérêts sont proches des vôtres. Un important changement de direction personnel ou professionnel devrait se produire ; vous n'accepterez plus de consacrer tout votre temps à réaliser les projets des autres, vous voudrez faire ce qui vous plaît et trouver votre propre voie.

Des relations sociales au beau fixe

L'amour et l'amitié ne joueront pas les seconds rôles cette année ! Au contraire, ils donneront un sens à votre vie. De merveilleux amis entreront dans votre destinée et y resteront pour longtemps. Votre inlassable curiosité vous mettra en contact avec des êtres enrichissants ; il est possible que vous rencontriez des personnes dont l'âge, le style de vie ou la personnalité seront très différents des vôtres. Certes, votre trajectoire sera riche en changements surprenants tout au long de l'année, mais les résultats d'ensemble seront positifs, alors ne vous cramponnez pas au passé et laissez-vous aller en toute confiance sur les vagues de la vie ! Vous pouvez compter sur votre force intérieure pour vous aider à surmonter tous les obstacles. L'entrée de Saturne dans le signe du Cancer à partir du mois de juin devrait de toute façon vous rendre plus réaliste en ce qui concerne vos ambitions : à condition de ne pas chercher à décrocher la lune, le monde vous appartient et la réussite est à votre portée si vous vous investissez corps et âme dans ce que vous faites.

Votre famille et vous

Certains natifs auront du succès en politique ou dans les médias, les arts, le théâtre, la musique et les sports : cette année devrait dans l'ensemble favoriser la reconnaissance et la popularité des Lion parmi leurs pairs, mais ils doivent également s'attendre à des critiques s'ils laissent leur ego dominer leurs rapports. Pour des raisons familiales, des hôpitaux, maisons de retraite, écoles ou universités pourraient figurer dans votre vie ; il se peut également que vous essayiez de réparer vos torts auprès de vos frères ou sœurs, voisins et parents proches que vous avez déçus dans le passé.

Votre vie professionnelle

De janvier jusqu'à fin août, Jupiter influencera de nombreux développements positifs dans votre travail, ainsi que des changements de rythme et de direction. 2003 devrait être une année excitante pour votre carrière ; vous devriez avoir plus d'une occasion de percer dans votre profession. Le flot de communication que vous devrez gérer sera intense et varié : e-mails, lettres, coups de téléphone, faxes, courses, discussions, entretiens, conférences et réunions. Votre environnement sera en évolution constante et vous n'hésiterez pas à vous lancer dans de nouveaux projets ; certains envisageront même un changement de ville ou une expatriation temporaire.

Jupiter, messager de la chance, s'installe à partir du 28 août dans la maison de la Vierge, qui gère vos revenus. Dans le même temps, les signes du Capricorne et du Taureau se partageront votre secteur du travail et de l'emploi : cette configuration devrait vous permettre de réorganiser et d'assainir vos finances ; vous pourrez ainsi économiser pour les lendemains difficiles. De nouveaux développements vous obligeront à travailler dur pour augmenter vos connaissances, améliorer vos aptitudes ou ajouter de nouvelles cordes à votre arc. Une formation pourrait vous être offerte et donner une nouvelle orientation à votre vie professionnelle. Certains décideront de développer leurs perspectives de carrière dans les domaines suivants : les affaires étrangères, la justice, l'import-export, l'agriculture, les médias, la médecine, les ventes et le marketing, l'armée ou l'hôtellerie. La plupart des Lion verront s'opérer des changements dans leur mode de vie, et leur standing s'améliorera au fur et à mesure que ces opportunités professionnelles prendront forme. C'est le moment ou jamais d'évaluer votre carrière et vos buts financiers pour déterminer s'ils sont réellement adaptés à vos besoins et à vos capacités : les meilleurs mois pour votre avancement professionnel seront février, mars, mai, juin, août et décembre. Au cours de ces périodes, vous aurez besoin de vous exprimer en faisant quelque chose qui sorte des sentiers battus. C'est également un très bon moment pour avoir des entretiens concernant vos perspectives de carrière. Profitez-en pour prendre des risques car vous serez alors plus réceptif aux nouvelles idées et capable de vous libérer des obstacles qui ont entravé votre évolution dans le passé.

Vous serez amené à vous déplacer pour votre travail, et ces voyages devraient vous apporter la reconnaissance de vos supérieurs ; des promotions sont probables. Veillez néanmoins à ce que votre ambition ne vous pousse pas à surestimer vos possibilités ! N'essayez pas de remplir systématiquement votre agenda et veillez à ne pas vous disperser. Prenez en particulier la bonne habitude de finir ce que vous avez commencé avant de passer à l'étape suivante. S'il vous reste du temps, vous seriez bien avisé d'organiser votre emploi du temps domestique avec votre partenaire, car vous aurez autant de responsabilités dans ce domaine qu'au travail.

Cette année, le transit de Mars à travers les Poissons de juin à décembre confirme les indications de changement esquissées par les influx planétaires précédents : un nouveau chapitre de votre destinée s'ouvre, des idées stimulantes vous aiguilleront vers de nouveaux domaines où vous pourrez réaliser votre potentiel. Vous serez réellement d'humeur à aller de l'avant. Cette disposition vous poussera à cultiver vos liens avec des personnes jeunes, dont vous apprendrez beaucoup et qui vous aideront à vous libérer de la routine.

Cerise sur le gâteau, vous bénéficierez également d'une bonne dose de chance dans vos affaires et votre travail, ce qui vous permettra de grimper l'échelle du succès sans trop d'efforts.

Votre vie sentimentale

Vénus titillera vos amours en janvier, avril, mai, août, novembre et fin décembre : votre désir de vous épanouir dans un partenariat sincère et gratifiant sera plus fort que jamais. Si vous êtes célibataire, vos espoirs de mariage ou de vie commune avec une personne que vous aimez et en qui vous avez confiance seront accentués ; ces espoirs se concrétiseront pour certains Lion qui se marieront cette année et dont l'union se présente sous de bons auspices.

Vos sentiments ne seront certainement pas superficiels au cours de ce cycle ! Compatibilité et profondeur seront les maîtres mots de vos relations, en particulier lorsque Vénus s'alliera à Pluton au cours des mois de janvier et novembre ; vous devriez alors vous sentir particulièrement affectueux. Votre attirance pour les Scorpion, les Gémeaux, les Balance, les Sagittaire ou les Cancer sera particulièrement forte : les relations qui en naîtront pourraient conduire au mariage... Pour ceux qui sont déjà mariés ou vivent une relation permanente, l'attachement, l'intimité et la tendresse iront croissant et votre relation devrait s'en trouver cimentée. Si vous êtes libre et que vous rencontrez quelqu'un d'âge, de classe sociale ou de culture très différents des vôtres, cette relation devrait être durable et heureuse, car vos différences vous enrichiront. L'attirance que vous ressentirez sera très profonde, quasi magique, et vous passerez ensemble d'inoubliables moments.

Cette année, l'influence stabilisante de Saturne favorise la famille ainsi que les amitiés, qui seront marquées par un climat plus harmonieux et une sécurité affective accrue. Vous ferez de votre mieux pour améliorer vos conditions de vie et voudrez en faire profiter les êtres qui vous sont chers. Réciproquement, vos proches vous offriront encouragement et réconfort, que vous souhaitiez développer vos aptitudes ou modifier votre comportement. Ils seront pour vous un havre de paix, loin des affrontements du monde, où vous vous sentirez protégé et pourrez reprendre des forces. D'une façon générale, les relations baignent dans un climat plus apaisé et les affaires sentimentales semblent se dérouler en douceur. En société, votre disposition chaleureuse et amicale sera appréciée ; vous ne pourriez trouver un meilleur moment pour produire une bonne impression sur votre entourage.

C'est également une bonne année pour réévaluer les bases de votre relation amoureuse si vous avez des doutes sur son évolution à venir ; vous voudrez mieux comprendre votre fonctionnement psychologique et apprendre à gérer vos émotions : veillez à ne pas vous engager trop vite dans une relation, votre partenaire pourrait avoir besoin d'un peu plus de temps que vous avant d'aller plus loin. Vous êtes prompt à pardonner de nature, ce qui devrait favoriser la bonne marche de vos relations ; mais il faudra également vous demander si votre désir de passer l'éponge est fondé sur une appréciation réaliste de la situation et si vos buts affectifs sont accessibles ou s'il s'agit de simples illusions. En bref, votre partenaire peut-il vous offrir le couple dont vous rêvez ?

Vos amis vous apporteront beaucoup tout au long de 2003, car vous obtiendrez d'eux le soutien et la fidélité que vous en attendez. Ne négligez pas pour autant les relations plus superficielles qui donnent du piquant à la vie. Par ailleurs, il est possible que vous vous éloigniez de certains amis ou relations suite à l'intervention néfaste d'une tierce personne.

Chance et argent

Lorsque Jupiter commence son transit à travers le signe de la Vierge à la fin août, la chance passe dans votre camp et devrait vous faire quelques cadeaux inattendus ! Vous aurez en particulier la possibilité d'accroître vos rentrées financières par la spéculation ou une augmentation de salaire. Certains créeront leur propre entreprise à partir de leur domicile, ou transformeront en source de revenus des activités de loisir. Il n'est pas exclu que vous receviez de l'argent par héritage, règlement d'indemnités ou par des jeux de hasard.

Amitiés et contacts seront importants à plus d'un titre pour vous cette année : votre désir de lier amitié avec des gens d'horizons différents pourrait déboucher sur une aide financière bienvenue ! Vous accorderez beaucoup d'importance à vos contacts avec vos supérieurs ou avec des personnes influentes capables d'agir sur vos projets. Vos relations avec des amis fortunés ou votre participation à des groupes actifs dans votre communauté seront une source de satisfaction et d'épanouissement. Un voyage au loin permettra à certains de mettre sur pied des projets d'avenir et de nouvelles idées très originales ou hardies qui bouleverseront leur routine ou changeront radicalement leur style de vie. Par moments, vous pourriez manifester une tendance à la prodigalité, et l'argent risque de vous filer entre les doigts ; ne prêtez pas d'argent, surtout à vos proches, et ne vous portez garant pour personne en 2003 : des complications pourraient s'ensuivre. Cette tendance est renforcée par la présence de Mars dans votre secteur financier de mi-juin à décembre. Cette planète risque de vous pousser à commettre des excès, des extravagances et à vous comporter de façon ostentatoire. D'une façon générale, votre jugement ne sera pas toujours au mieux de sa forme en ce qui concerne vos finances personnelles ; vous vivrez parfois des moments de confusion et d'indécision qui risquent de nuire à votre future sécurité si vous n'y veillez pas.

Mais, dans l'ensemble, 2003 est une année exceptionnellement favorable pour vous impliquer dans des projets novateurs. Tout semble devenir moins lourd pour vous et vous aurez enfin les coudées franches pour réaliser vos projets, spécialement dans le domaine de l'argent et de la sécurité matérielle. Certains achèteront un nouveau véhicule à moteur ou une nouvelle résidence, que ce soit pour l'habiter ou la louer.

Votre santé et votre bien-être

Dans l'ensemble, votre santé devrait rester bonne tout au long de 2003, cependant votre négligence concernant vos habitudes alimentaires pourrait avoir un retentissement négatif sur votre apparence physique : soyez extrêmement vigilant en ce qui concerne votre nutrition. Des excès d'alcool et de nourriture risquent de surcharger rapidement votre système digestif, en particulier le foie et le pancréas. Vous pourriez également être trop sédentaire et ne pas faire assez d'exercice, avec une prise de poids à la clé. C'est le moment de prendre — et de tenir — de bonnes résolutions concernant votre forme et de fréquenter régulièrement un club de gymnastique, ou une classe de tai-chi ou de yoga pour la discipline et la relaxation. Soyez conscient que votre niveau d'énergie risque de décroître et que vous vous fatiguerez plus facilement si vous ne prenez pas soin de votre santé. Il vous est spécialement recommandé de surveiller vos habitudes alimentaires et de veiller à ce que votre corps reçoive bien les nutriments dont il a besoin pour fonctionner correctement. Une dose quotidienne de vitamines et de minéraux est essentielle à votre santé, de même qu'une consommation abondante de fruits et légumes frais.

Avec Mars en Poissons, il est possible que vous vous sentiez spécialement attiré par la nourriture asiatique et les plats à base de poisson ou de poulet. Ne résistez pas à cette envie car ces recettes exotiques sont pauvres en cholestérol et le poisson contient des acides gras cruciaux pour le bon fonctionnement de votre corps. Etre au soleil et en plein air est également très bénéfique pour les Lion, en particulier s'ils y associent des exercices de respiration. Néanmoins, il vous faudra aussi veiller à limiter les excès de travail qui peuvent causer migraines et stress ; vous devez apprendre à mieux contrôler votre anxiété et à vous relaxer suffisamment. Votre activité mentale pourrait être décalée ou trop rapide par rapport à vos rythmes physiques et cela risque de provoquer agitation et nervosité. Les troubles génitaux et les symptômes cardiaques ou circulatoires sont à surveiller et à traiter sans attendre. Si votre praticien vous recommande de suivre certains régimes ou pratiques qui conviennent particulièrement à votre organisme, vous aurez de la difficulté à respecter ces prescriptions sur le long terme : votre tendance à la paresse et votre attitude négligente prendront souvent le dessus. La prudence est de rigueur au volant tout au long de l'année : avec deux éclipses, l'une en mai et l'autre en novembre, des accidents ne sont pas exclus.

Vos prévisions
pour 2003

**Mois par mois,
semaine par semaine,
jour par jour**

Janvier

tableau journalier

Dim	Lun	Mar	Mer	Jeu	Ven	Sam
			1 Travail	2 Travail	3 Travail	4 Travail
5 Amour	6 Travail, Chance	7 Travail	8 Travail	9 Travail	10 Amour, Chance	11 Amour, Chance
12 Prudence	13 Amour	14 Travail	15 Prudence	16 Travail	17 Travail	18 Travail
19 Amour	20 Travail, Chance	21 Amour	22 Travail	23 Amour	24 Travail	25 Amour, Chance
26 Prudence	27 Amour	28 Travail, Chance	29 Amour	30 Travail, Chance	31 Travail	

Travail Amour Chance Prudence

Janvier 2003

Le Soleil traversera votre secteur du travail et de la vie quotidienne pendant la plus grande partie de ce mois ; vous serez d'humeur très optimiste, animé d'un enthousiasme inépuisable. Votre personnalité unique ne passera pas inaperçue : ceux qui vous entourent vous écouteront et vous aideront au-delà de vos espérances. Un petit bémol toutefois ! Vos actions ne seront pas à la hauteur de vos promesses, car vous aurez des difficultés à les concrétiser. Votre générosité et votre désir d'aider les autres vous gagneront beaucoup de sympathies ; toutefois, le clash de Mars et d'Uranus entre le 10 et le 14 vous empêchera de contenter tout le monde : ne vous sentez pas coupable ! C'est également un bon cycle pour formuler des objectifs à long terme et définir ce que vous voulez changer en vous et autour de vous. N'ayez pas peur de vous fixer des buts ambitieux ; si vous faites preuve de suite dans les idées, rien ne pourra vous arrêter ! Des décisions hardies ou des prises de risques calculées concernant des contrats ou accords ne devraient pas non plus vous effrayer, à condition de vous montrer très précis dans votre approche et de tout mettre au clair dans les discussions d'affaires. Vous établirez de nouvelles relations professionnelles qui contribueront à la réussite de vos projets ; certains malentendus peuvent maintenant être aplanis une fois pour toutes. Des rentrées d'argent inattendues, liées à des propriétés, achats, ventes ou échanges, devraient remettre à flot votre compte en banque. Ne reculez pas davantage vos visites chez le médecin ou le dentiste, ainsi vous vous sentirez rassuré. Vous aurez envie de changer quelque chose dans votre vie, de vous passionner pour de nouveaux centres d'intérêt ou de rompre avec certaines influences passées. Dates importantes : 1, 3, 5, 8, 12, 17, 21, 22, 26, 29.

AMOUR : L'aimable Vénus a rendez-vous avec Jupiter entre le 21 et le 22, et le possessif qui sommeille en vous risque de pointer le bout de son nez ! Dans vos relations intimes, évitez d'étouffer votre partenaire et de lui imposer des limites ; ayez plutôt recours à la coopération et à la négociation pour instaurer un climat harmonieux entre vous. Vous saurez trouver les mots justes pour convaincre vos interlocuteurs : n'ayez aucun scrupule à utiliser votre charme pour vous attirer la sympathie de votre entourage ; des membres du sexe opposé vous enverront des vibrations positives. Tant que vous décodez bien ce qui se passe entre vous et votre partenaire et que vous ne lui demandez pas la lune, votre vie amoureuse devrait se dérouler dans un climat serein ; confiance et perspicacité sont les clés d'une bonne communication. Si vous pouviez vous offrir une escapade à deux dans un lieu de rêve, votre vie amoureuse n'en irait que mieux, d'autant que vous aurez envie de vous faire plaisir et de satisfaire vos goûts de luxe ce mois-ci. Si vous êtes célibataire, jetez plutôt votre dévolu sur un amoureux émotionnellement flexible et doté d'un bon caractère, parce que vous ne serez pas d'humeur à céder sur quoi que ce soit ! Attention, on risque de vous manipuler en utilisant vos points faibles : vous serez incapable de résister à la flatterie, et ne saurez pas dire non à un nouveau défi.

CHANCE : Jupiter en visite dans votre signe devrait donner le coup d'envoi à une période amusante et variée. Des activités de groupe avec des amis exacerbent votre joie de vivre : vous partirez à la découverte d'un nouveau loisir, de préférence artistique. Mercure et Vénus sont en harmonie et vous donneront un coup de pouce si vous devez prendre un nouveau départ ou opérer des changements de direction majeurs dans votre vie. Vous aurez l'impression d'être au mieux de votre forme car vous sentirez que les événements travaillent pour vous. C'est clair, vous avez le vent en poupe ! Profitez-en pour marquer des points et avancer dans la direction choisie. Vos relations d'affaires et vos contacts avec des étrangers pourraient vous inciter à vous lancer dans des spéculations un peu risquées. Il est possible que vous soyez amené à prendre une décision majeure concernant votre argent ou vos investissements : ventes, contrats et accords se présentent sous de bons auspices ; si vous utilisez toutes les ressources de votre intelligence, il n'est rien que vous ne puissiez résoudre. Plus que jamais, vous aurez envie de vous délasser par le sport ou en passant un moment de détente en famille ; n'ayez aucune crainte, vous pouvez prendre la vie du bon côté, car vos affaires marchent quasiment toutes seules. Vous aurez une surprise très agréable dans votre vie de famille et vos enfants vous demanderont des conseils.

Conseils hebdomadaires

1-5 : Un cycle hyperactif où le rythme ne faiblira pas : vous discuterez, échangerez des informations, établirez des contacts et irez à la rencontre des autres. Attention, à trop vouloir être au four et au moulin, vous serez nerveux et tendu : le stress, les demandes accrues au travail ou l'irritation due à de menues contrariétés risquent d'être très présents dans votre semaine. Vous aurez soif d'amour et d'affection, de beauté et de plaisir et vous vous demanderez si votre entourage est à la hauteur de vos attentes. Si certains aspects de votre vie personnelle ne vous satisfont pas, ces problèmes latents risquent de resurgir maintenant et de causer des désaccords et des tensions dans une relation proche. Si vous faites du shopping pour vous détendre, vous trouverez de bonnes affaires à gogo. Vos soirées mondaines seront joyeuses et agréables.

6-12 : Cette semaine, vous êtes particulièrement objectif et votre jugement est sain ; c'est donc un très bon moment pour prendre des décisions claires en ce qui concerne vos projets et les moyens de les réaliser. Vous pourriez avoir une importante conférence professionnelle ou une conversation cruciale au sujet de votre carrière ; n'hésitez pas à chercher des appuis auprès de vos supérieurs ou de personnes en position d'autorité. Vous continuerez à fonctionner en flux tendu et devrez passer d'une chose à l'autre sans temps mort ; le stress risque d'être au rendez-vous. Entre les courses, les appels téléphoniques, les lettres ou e-mails qui exigent une réponse rapide, vous n'aurez pas une minute à vous : il n'est pas étonnant que vous n'arriviez pas toujours à contrôler votre nervosité ! Par conséquent, une confrontation mineure mais tendue est possible. Les enfants et les questions de famille exigeront des compromis et de la diplomatie.

13-19 : Relaxation, distraction et plaisir sont les dominantes de cette semaine, et il était temps ! N'essayez pas de vous pousser à fond ou de vous engager dans des activités intensément compétitives ; l'harmonie de vos relations passe avant tout, à présent. Les luttes de pouvoir et les conflits d'ego vous laissent de marbre, vous préférez sortir, voir des gens et passer des moments conviviaux. Vous avez envie d'investir votre temps et votre argent pour rendre votre environnement plus agréable. L'amélioration de votre apparence vous préoccupe également et vous vous laisserez tenter par une nouvelle coiffure ou de nouveaux vêtements ou produits de beauté. Les événements sociaux vous stimulent.

20-26 : Vous êtes toujours d'humeur sociable et extravertie, vous voulez partager de bons moments en joyeuse compagnie ou participer à des festivités et activités de groupe. Veillez toutefois à ce que toutes ces réjouissances ne torpillent pas votre régime : si vous êtes invité par des amis, il vous sera difficile de dire non à la nourriture, la boisson ou toute autre forme d'excès. Certes, vous vous sentez bien sur le moment, mais vous pourriez regretter votre gourmandise plus tard ! Vos moyens financiers vous permettent-ils vraiment de vous montrer aussi généreux avec les autres ? Les relations personnelles sont favorisées, vous pourriez avoir un coup de foudre pour une personne à laquelle vous n'auriez jamais songé. Cette semaine pourrait vous offrir des voyages excitants et de nouvelles opportunités prometteuses. L'argent qui rentre risque de ressortir aussi vite.

27-31 : Vous serez sensible à la gentillesse et vous avez envie de vivre dans une atmosphère pleine de vibrations positives, de beauté et de bonté. Vous vous sentez tendre et plein d'affection envers votre entourage et brûlez de faire plaisir. La gratitude d'une personne dans le besoin et que vous avez aidé vous apportera beaucoup de joie. Vous serez en communication continue avec votre entourage et vous aurez des discussions intéressantes et instructives… ou perdrez votre temps en bavardages futiles ! Votre curiosité pourrait vous inciter à faire un court voyage ou une visite à des amis éloignés. Quelques soucis en perspective au sujet des parents. Une réunion vous donne le feu vert pour un projet que vous avez à cœur depuis longtemps.

Février

tableau journalier

Dim	Lun	Mar	Mer	Jeu	Ven	Sam
						1 Amour
2 Amour	3 Travail	4 Chance	5 Travail	6 Travail	7 Travail	8 Travail
9 Amour	10 Prudence	11 Amour, Chance	12 Amour	13 Travail	14 Travail	15 Amour, Chance
16 Amour	17 Amour	18 Travail	19 Travail	20 Travail	21 Prudence	22 Travail, Chance
23 Amour	24 Prudence	25 Travail	26 Travail, Chance	27 Travail, Amour	28 Travail, Chance	

Travail Amour Chance Prudence

FÉVRIER 2003

Mercure et Jupiter influencent votre secteur des partenariats, de la compétition et des affaires, en particulier entre le 20 et le 22. Au cours de ce cycle, vous voudrez aller au fond des choses ; les réponses superficielles ne vous satisferont pas et vous vous montrerez impatient avec ceux qui s'en contentent. Vous aurez également tendance à imposer votre avis à votre entourage et à vous obséder sur un problème jusqu'à ce que vous ayez trouvé la solution. Plus que jamais, vous aurez besoin de conversations substantielles et de stimulation mentale ; vous aimerez tester les ressources de votre esprit avec ceux qui, comme vous, apprécient les joutes oratoires. Expérimentez vos nouvelles idées sur votre entourage mais intéressez-vous aussi à ce qu'ils pensent, cela vous évitera d'être taxé d'arrogance. Si vous hésitez à vous affirmer par peur de l'opposition, ne reculez pas devant les défis et essayez d'être moins sur la défensive. Un proche essaiera de faire aboutir un de ses projets et votre coopération pourrait en faire un succès. D'une façon générale, ne sous-estimez pas vos capacités et ne refusez aucune opportunité avant d'avoir essayé. Les réunions et séminaires donnent de bons résultats ; vous pourriez retourner sur les bancs de l'école pour compléter votre éducation ou accroître vos connaissances dans un domaine qui vous attire. Dates importantes : 3, 4, 6, 10, 15, 20, 21, 23, 26, 28.

AMOUR : Vénus forme une combinaison explosive avec le rebelle Uranus dans votre secteur des distractions et des amours : votre regard sur une personne que vous connaissez déjà pourrait changer, vous découvrirez en elle des qualités que vous n'aviez pas vues auparavant et vous vous sentirez sur la même longueur d'onde ; il n'est pas impossible que cette redécouverte débouche sur un partenariat durable. Février devrait être un mois riche en possibilités où le romantisme sera placé sous le double signe de la stimulation et de la stabilité ; veillez cependant à ce que votre attitude responsable envers votre conjoint ne vous amène pas à vous comporter de façon trop protectrice. Sentimentalement, vous savez exactement ce que vous voulez : lorsque vous aurez pris une décision, vous vous y tiendrez. Toutefois, une relation conventionnelle et ennuyeuse risque de vous laisser sur votre faim : il est possible que vous soyez tenté par une liaison hors normes avec quelqu'un de différent du point de vue de la classe sociale ou de l'âge. Avec la combinaison fantasque de Mercure avec Saturne et Pluton, vous pourriez promettre la lune et décevoir votre partenaire ; gardez les pieds sur terre ! Cette attitude risque de rendre les rapports conjugaux ou familiaux un peu épineux ou imprévisibles. Une invitation à dîner ou déjeuner pourrait être un fiasco ; est-il bien nécessaire de dépenser tant d'argent pour impressionner les autres ? Sur le plan amical, le climat est au beau fixe, vous voudrez être entouré par des proches et prendre du bon temps. Profitez de cet environnement détendu et bienveillant pour vous recharger émotionnellement ou pour offrir un soutien moral aux autres. C'est également un bon moment pour faire le point sur vos relations et analyser vos rapports avec ceux qui comptent pour vous. Si vous avez des enfants, ils tiendront une place importante dans votre vie.

CHANCE : Investissez-vous à fond dans vos projets personnels mais n'ayez pas peur de changer d'avis en cours de route si cela s'avère nécessaire. Des voyages et de nouvelles offres professionnelles sont à l'ordre du jour, les invitations, les sorties et les réunions se succèdent et ne vous laissent que peu de temps libre. Vous serez à même de faire des progrès appréciables en ce qui concerne votre sécurité financière et vous recevrez de l'aide dans ce domaine. Ce mois-ci, il vous faudra trouver un juste équilibre entre des demandes contradictoires : vos responsabilités envers votre famille ne doivent pas vous faire négliger vos besoins personnels. De même, ne laissez pas votre désir de réussir votre carrière prendre le pas sur votre santé mentale et physique. Si vous savez concilier vos différentes obligations et rester zen, vous pourrez transformer des moments potentiellement tendus en une période plaisante. Vous aurez de la chance dans les sports, les loisirs et les activités de plein air, mais évitez de vous adonner au jeu en ce moment, vous pourriez gaspiller votre argent. Les soirées et les réunions vous attirent, ne refusez aucune invitation.

Conseils hebdomadaires

1-9 : Vous risquez d'être confronté à des tensions familiales, des conflits entre les exigences de votre travail et vos besoins personnels, ou des imbroglios émotionnels ; ces situations nécessiteront ajustements et compromis de votre part. Une facette de votre personnalité, qui est habituellement cachée ou qui reste à l'arrière-plan, va maintenant émerger en pleine lumière et les résultats seront positifs ou négatifs, selon la façon dont vous gérerez cela. Vous allez être impliqué dans une transaction financière qui devrait se révéler bénéfique, à condition que vous lisiez minutieusement tous les documents. Les opportunités de voyage sont nombreuses ; profitez de la sympathique hospitalité offerte par les membres de votre famille et par vos amis. Certains Lion auront envie de s'investir dans des projets créatifs et pourraient suivre des cours pour développer leurs talents.

10-16 : Quelques fausses notes dans votre environnement ou vos relations personnelles risquent de vous affecter de façon exagérée ; pour ménager votre sensibilité, vous serez enclin à éviter les discussions sérieuses ou à ne pas exprimer ouvertement vos désaccords avec les autres. Vous éprouverez de la difficulté à réfléchir et à vous concentrer cette semaine ; prenez le temps de décompresser. Une petite évasion hors de votre environnement vous ferait le plus grand bien ; un loisir ou un nouvel intérêt pourraient vous y aider. De bonnes nouvelles concernant examen, concours, entretien d'embauche ou séminaire devraient vous parvenir. Vous allez avoir l'opportunité de prendre le contrôle d'une situation et de montrer vos talents. Quelques soucis d'argent sont possibles. Surveillez votre santé.

17-23 : L'amour occupe vos pensées ; c'est le moment de jouer cartes sur table et de vous libérer de ce qui pose un problème dans vos relations personnelles. Il vous sera facile d'arriver à un accord et d'obtenir la coopération de votre entourage si vous êtes prêt à discuter franchement de vos désirs et de vos besoins. Vous êtes particulièrement sensible à la beauté en ce moment, et vous aurez envie de redécorer votre maison, ou d'embellir votre lieu de travail. Un gain financier pourrait vous arriver par surprise, car la chance vous sourit dans les investissements ou le jeu. Des changements favorables devraient se produire dans le domaine professionnel ; pour ceux qui sont au chômage, la situation se débloquera et votre recherche de travail aboutira ; une situation juridique ou personnelle qui traînait depuis quelque temps devrait également évoluer.

24-28 : Satisfaction, stabilité émotionnelle et harmonie règnent dans vos relations cette semaine. Comme votre route est toute tracée, vous pouvez maintenant vous détendre et laisser parler votre côté hédoniste et sociable. En ce moment, passer en force et agir à tout prix ne sont pas votre tasse de thé ; vous serez plutôt enclin à vous laisser porter au fil de l'eau et à laisser le monde venir à vous. Et en effet, pourquoi vous faire du souci ? Les événements travaillent pour vous ! Les voyages ou les communications longue distance vous occupent, des nouvelles agréables vous feront sauter de joie.

Mars

tableau journalier

Dim	Lun	Mar	Mer	Jeu	Ven	Sam
						1 Travail
2 Amour	3 Travail	4 Travail	5 Amour, Chance	6 Travail	7 Travail	8 Amour, Chance
9 Amour	10 Prudence	11 Prudence	12 Travail	13 Travail, Amour, Chance	14 Travail, Amour	15 Amour
16 Amour	17 Travail, Chance	18 Amour	19 Travail	20 Travail	21 Travail	22 Amour
23 Amour	24 Amour	25 Travail	26 Prudence	27 Travail	28 Amour, Chance	29 Travail
30 Amour, Chance	31 Travail					

Travail — Amour — Chance — Prudence

MARS 2003

Le Soleil influencera vos finances. Au cours de ce mois, l'argent des autres – les banques, les prêts, les assurances, les impôts ou les revenus de votre partenaire – passera au premier plan car vous déciderez de réorganiser votre budget et d'effectuer des changements importants dans vos investissements. Lorsque Mars et Uranus uniront leurs forces dans votre secteur des distractions et des partenariats entre le 3 et le 6, ne soyez pas surpris si vous avez un coup de chance ou si vous recevez le feu vert pour de nouveaux changements et projets motivants. Soyez très prudent en ce qui concerne vos communications, des malentendus ou perturbations sont possibles. Des amis proches pourraient envisager une nouvelle orientation et cela risque de marquer le moment où vos routes se séparent. Libérez-vous de vos attitudes et pensées négatives, ne vous appesantissez pas sur les défauts des autres et fuyez l'étroitesse d'esprit. Grâce à des contacts professionnels positifs, vous serez plein d'énergie ; une personne qui croisera votre chemin pour la première fois galvanisera votre confiance en vous. Gardez votre sang-froid si vous recevez des nouvelles déstabilisantes concernant des changements dans la famille ou un bouleversement de vos projets, les choses finiront par s'arranger. Le lèche-vitrines sera une façon agréable de rompre avec la routine, en particulier si vous dénichez de bonnes affaires. Dates importantes : 1, 3, 4, 10, 13, 14, 18, 19, 22, 28, 31.

AMOUR : Une pléthore d'influences bénéfiques – Vénus, Saturne, Uranus, Neptune et Pluton – illumine votre signe ce mois-ci : vous allez pouvoir surmonter quelques complications sentimentales mineures et votre vie amoureuse connaîtra un renouveau. En discutant de certains aspects de votre relation à cœur ouvert, vous pourrez laisser derrière vous des déceptions passées, en particulier le 21 et le 23, lorsque Vénus et Saturne renforceront votre maturité psychologique. Un lien spécial pourrait se tisser entre vous et votre partenaire, donnant naissance à un sentiment de plénitude affective et de bonheur durable ; vous serez enfin sûr d'être aimé ! Vous oserez exprimer vos émotions et ouvrirez les portes de votre jardin secret, sachant qu'il ne sera pas piétiné par un partenaire insensible... Avec les énergies conjuguées de Vénus et d'Uranus le 28, l'engagement relationnel sera très intense tout au long de ce mois : vous pourriez devenir un peu trop possessif si vous n'y prenez pas garde... Les histoires qui ne vont nulle part ne seront pas pour vous ; vous souhaiterez fonder un couple stable et accepterez facilement les changements s'ils vont dans ce sens ; toutefois, ne perdez pas de vue que votre partenaire pourrait réagir de façon différente et ne pas vouloir précipiter les choses. Si c'est le cas, n'hésitez pas à donner du temps au temps ; c'est le moyen le plus sûr de faire évoluer son attitude. Un comportement trop égoïste pourrait décourager les bonnes volontés : après tout, les autres ont aussi des besoins et ne sont pas responsables de vos fautes !

CHANCE : Un cycle où les astres vous donnent un sérieux coup de pouce : un projet ou un rêve que vous caressiez depuis longtemps pourrait se réaliser maintenant ; si vous voulez obtenir un soutien financier ou augmenter votre crédit, le feu est au vert. Les entretiens d'embauche, études ou séminaires vous prendront beaucoup de temps, mais cela en vaudra la peine car vous pourriez recueillir des informations cruciales ou entendre un son de cloche différent. Il serait risqué de surestimer la sûreté de votre jugement ; certains pourraient chercher à vous influencer et à vous empêcher de voir les choses objectivement. Heureusement, d'autres vous verront comme quelqu'un qui peut faire bouger les choses et accomplir beaucoup. Si une nouvelle carrière vous tente, n'y réfléchissez pas à deux fois : allez de l'avant pour tout ce qui concerne les changements de direction ou le perfectionnement de vos aptitudes. Les questions communautaires tiendront une place croissante dans votre vie et vos responsabilités envers les autres iront en augmentant. Vous recevrez de bonnes nouvelles de l'étranger, c'est le moment de recontacter ceux que vous avez un peu oubliés récemment. Si vous partez en voyage avec l'élu de votre cœur, vous devriez connaître des moments inoubliables. Les travaux de construction, les grands nettoyages, rénovations ou agrandissements devraient progresser sans à-coups.

Conseils hebdomadaires

1-9 : Des émotions, des préjugés ou des problèmes surgis du passé pourraient perturber vos interactions avec les autres ; vous risquez de manquer d'objectivité. Profitez-en pour dire ce que vous avez sur le cœur et dissiper tous les griefs accumulés depuis quelque temps ; les discussions personnelles sont plus que jamais à l'ordre du jour. Vous aurez tendance à vous déconnecter du réel, à vous évader dans la nostalgie ou à rêver tout éveillé. Cette semaine vous apportera des raisons de faire la fête : une opportunité offerte à un membre de votre famille, un nouveau contrat, ou encore vos enfants, qui seront une source de joie. Quoi qu'il en soit, il y aura de nombreuses allées et venues dans votre vie et dans votre maison, et vous ne devriez pas vous ennuyer une minute !

10-16 : Travailler énergiquement en gardant votre objectif présent à l'esprit, progresser vers vos buts professionnels et obtenir le soutien des autres pour vos projets en assumant la position de leader, telles doivent être vos stratégies actuellement. Vos supérieurs et les personnes en position d'autorité répondront favorablement à vos idées et apprécieront votre volonté de prendre des risques ou d'aborder un problème d'une façon nouvelle. Quoi que vous entrepreniez, votre famille et vos amis vous soutiendront dans vos projets. Il est possible qu'on vous fasse une offre que vous ne pourrez refuser, ou que vous receviez une augmentation inattendue. Votre vie amoureuse avance dans la bonne direction : certains décideront de se ranger et de fonder une famille. Les questions juridiques tournent à votre avantage.

17-23 : Vous serez très ambitieux, plein d'optimisme et de confiance en vous et aurez de nouveaux projets plein la tête. Emporté par l'enthousiasme, vous courez le risque de surestimer vos forces et d'accepter plus de responsabilités que vous ne pouvez en assumer. Vous serez également enclin à prendre des risques, à jouer, à spéculer et à agir sur vos intuitions. Cette semaine peut toutefois être très rentable si vos attentes restent raisonnables et si vous évitez de gaspiller votre énergie. Quelques fausse notes dans vos relations amicales : une action irréfléchie de votre part pourrait vous brouiller avec un de vos proches ; des personnes récemment rencontrées risquent de s'offusquer de votre ego envahissant. Attention en conduisant.

24-31 : Cette semaine, les émotions intenses qui vous agitent, qu'elles soient négatives ou positives, risquent de vous rendre plus exigeant envers vos proches. Des peurs, des jalousies et des ressentiments cachés pourraient refaire surface, de même qu'un besoin profond d'aimer et d'être aimé. Vos sentiments seront irrépressibles et vous pourriez développer une attirance profonde pour une personne qui vous fascine. C'est un bon moment pour révéler vos sentiments cachés, vos peurs, vos besoins et vos désirs à ceux que vous aimez. Agissez avec prudence au travail et surveillez votre santé. Gardez le contrôle et vérifiez le moindre détail en faisant vos comptes ; vous éprouverez des soupçons envers certaines personnes.

Avril

tableau journalier

Lun	Lun	Mar	Mer	Jeu	Ven	Sam
		1	2	3	4	5
6	7	8	9	10	11	12
13	14	15	16	17	18	19
20	21	22	23	24	25	26
27	28	29	30			

Travail Amour Chance Prudence

AVRIL 2003

Préparez-vous à un mois très occupé tandis que le Soleil parcourt votre secteur des questions intellectuelles et juridiques, des contacts et des projets d'avenir. Au travail comme à la maison, vos responsabilités augmenteront et votre confiance en vous suivra également une courbe ascendante. Cependant, avec Mercure et Neptune en configuration négative les 13, 14 et 15, vous pourriez vous sentir temporairement bloqué dans vos progrès ; des résistances, des défis imprévus ou des situations difficiles à gérer suggèrent que ce n'est pas le moment de passer en force et d'imposer votre volonté aux autres. Vos relations avec vos collègues et supérieurs sont particulièrement tendues ; ne soyez pas surpris si les incidents se succèdent. Des évolutions dans votre travail vous forceront à réévaluer votre situation. Il est possible que vos facultés intellectuelles subissent une baisse de forme ; vous aurez du mal à faire passer vos idées, et risquez d'être mal compris. Il n'est pas exclu que des mots désagréables soient échangés avec une figure d'autorité ou une personne plus âgée et que vos valeurs et vos goûts soient remis en question ou critiqués. De toute façon, c'est une période où la compagnie des autres vous pèsera et vous aurez envie de rester à l'écart de la foule. Par moments, vous vous sentirez l'âme d'un nomade et aurez envie de partir loin. A défaut, allez voir un bon film pour vous changer les idées et évacuer le stress ! Dates importantes : 2, 5, 10, 13, 14, 16, 17, 21, 29.

AMOUR : Grâce à l'excitante combinaison de Vénus avec l'audacieux Pluton, votre vie sentimentale devrait être à mille lieues du calme plat ! Vos relations avec le sexe opposé seront intenses et votre sensibilité sera exacerbée. Des rencontres romantiques fascinantes pourraient vous faire dévier de votre trajectoire ou vous plonger dans la confusion ; les relations déjà existantes risquent fort de vous paraître ennuyeuses et la tentation de l'aventure pourrait s'avérer irrésistible. En tête à tête, vous n'aurez pas peur d'exprimer ce que vous ressentez, quitte à être surpris par vos propres réactions, bien plus libres et détachées que d'habitude. Evitez cependant les histoires d'amour impulsives ; vous risquez d'y perdre des plumes ou d'y jouer les seconds rôles... De plus, Vénus sera sérieusement affectée par l'influence de Saturne le 17 : ce sera un bon moment pour résoudre tous les problèmes ou malentendus survenus avec ceux que vous aimez et que vous avez pu offenser par le passé. Il est temps de tourner la page sur les comportements égoïstes et les conflits émotionnels qui constituent des obstacles à la sérénité à laquelle vous aspirez désormais. Quelles que soient les tentations d'aller voir ailleurs si l'herbe est plus verte, l'honnêteté, la loyauté et la capacité à faire durer une relation sur le long terme sont maintenant des aspects essentiels de votre lien avec votre partenaire. Une question concernant vos finances communes pourrait assombrir votre ciel pendant quelques jours. Sachez apprécier votre chance : vous avez des amis stables sur lesquels vous pouvez compter quoi qu'il advienne et dont le soutien vous sera précieux si vous traversez des moments stressants.

CHANCE : Encore une période très occupée où vous ne saurez plus où donner de la tête, avec des coups de fil, des prises de contact, des occasions, des propositions et des rendez-vous à la pelle ! Diverses opportunités vous seront offertes ; sélectionnez celles qui vous semblent les meilleures et n'en changez plus ; évitez cependant de prendre des décisions trop rapides. C'est également une excellente période pour une sérieuse séance de remue-méninges avec vos partenaires : c'est en partageant vos idées que vous arriverez à un consensus. Vos revenus, vos affaires financières et vos dépenses seront au sommet de vos priorités ce mois-ci. Evitez les dépenses superflues pour votre plaisir personnel ou pour votre maison ; il est possible que vous soyez amené à remettre en question votre approche en matière de consommation et que vous reveniez aux choses simples ; vous allez désormais tirer profit de votre argent avec plus d'ingéniosité et moins de gaspillage. L'argent et les opportunités d'acquérir des biens viennent à vous de façon fortuite ; les affaires juridiques et les partenariats sont également favorisés. En ce moment, vous avez toutes les raisons de voir la vie du bon côté, car vous vous sentez plein d'énergie et bien dans votre peau. Les sports, les activités de plein air et les loisirs à caractère culturel vous délassent et rompent agréablement la routine.

Conseils hebdomadaires

1-6 : Attendez-vous à quelques heureuses surprises cette semaine ; Madame la Chance devrait se montrer particulièrement gentille avec vous ! Vous avez envie de vous dorloter et de profiter de votre agréable petit nid. Plus que jamais, votre maison sera pour vous un havre de paix : vous vous efforcerez de la rendre encore plus belle et confortable ; vous pourriez également décider d'organiser une soirée chez vous. Votre famille et vos amis sont une grande source de satisfaction : vous aurez envie de les gâter et ils feront tout pour vous être agréables. Une invitation à un mariage pourrait vous parvenir. Une question très importante qui vous préoccupe va prendre un tour favorable. Un voisin ou collègue pourrait vous causer quelques soucis.

7-13 : Vos désirs et vos sentiments occuperont vos pensées cette semaine ; vous vous montrerez aimant et chaleureux et vous aurez envie de partager des moments d'intimité avec les êtres qui vous sont chers. Plus détendu, moins compétitif et plus sensible aux besoins des autres, vous vous efforcerez de créer une atmosphère harmonieuse autour de vous. Vos penchants hédonistes prennent le dessus ; vous serez attiré par tout ce qui est beau et par des activités artistiques ou créatives ; sans doute serez-vous tenté de partir à la chasse aux livres, vidéos et disques. Faites du shopping sans remords : cela soulagera votre nervosité et vous apportera de bonnes affaires ; mais les sorties et les festivités risquent de faire un trou dans votre budget ! Si vous partez en voyage, il sera excitant et plein d'aventures.

14-20 : Cette semaine, l'accent est mis sur le planning financier à long terme ; vous penserez à votre sécurité à venir et mettrez au point des stratégies pour réaliser vos projets. Vos capacités à étudier un dossier en profondeur et à vous concentrer sur un travail intellectuel complexe sont meilleures que jamais et vous permettront de réorganiser vos affaires au mieux de vos intérêts, quitte à demander un avis professionnel pour ce qui dépasse vos compétences. Les intérêts communs et la coopération sont également mis en vedette : il est possible que vous mettiez fin à un partenariat ou que vous en débutiez un autre. Ne reculez pas davantage une visite chez le dentiste ou chez votre médecin. L'argent ne pose pas de problème majeur à condition que vous contrôliez strictement vos dépenses. Une invitation à un événement important fera sensation.

21-30 : Une excellente semaine pour vous concentrer sur l'essentiel et éliminer le superflu : rien ne doit plus vous empêcher de faire vraiment ce que vous voulez. Vous avez assez attendu : attaquez-vous de pied ferme à toutes ces corvées que vous évitez depuis quelque temps ; l'heure est venue de mettre un peu d'ordre dans vos affaires ; c'est également un bon moment pour régler un certain nombre de questions pratiques. On vous donnera un coup de main — ou vice versa — pour des questions familiales ou sentimentales. Ne faites pas aveuglément confiance, ne baissez pas votre garde et ne quittez pas des yeux les gens qui ne vous veulent pas de bien.

Mai

tableau journalier

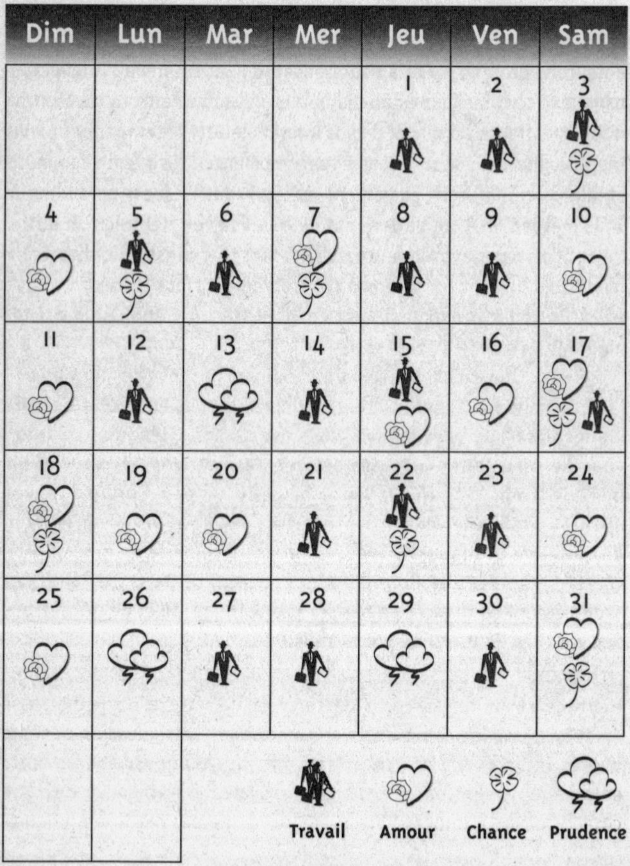

MAI 2003

Le Soleil traversera une zone clé de votre horoscope ce mois-ci : votre charme et votre magnétisme personnel éblouiront votre entourage. Avec des aspects planétaires aussi flamboyants, ceux qui vous entourent ne manqueront pas d'être impressionnés par vos talents, mais inutile de chercher à épater la galerie ! Il faudra également surveiller votre tendance à jeter l'argent par les fenêtres : pourquoi tant de générosité avec des gens qui ne cherchent qu'à vous utiliser ? Ce qui compte le plus pour vous en ce moment, ce sont vos buts à long terme ou les nouvelles perspectives qui s'offrent à vous. Vous voyez les choses plus clairement et vous êtes plus motivé que jamais, ce qui devrait galvaniser vos efforts pour aller de l'avant et progresser vers vos objectifs. Vous pouvez réaliser de grandes choses si vous vous impliquez à fond et si vous utilisez toutes les ressources de votre intelligence. Prenez également la bonne habitude de finir ce que vous avez commencé : une bonne coordination et un effort soutenu sont les clés de votre réussite. Les communications, les interactions et les négociations se présentent sous d'excellents auspices. Vous aurez envie de sortir et de bouger, de faire de l'exercice ou du sport. Les contacts avec des personnes habitant à l'étranger ou n'appartenant pas à votre cercle habituel de connaissances vous apporteront de bonnes surprises. Dates importantes : 2, 8, 9, 13, 14, 18, 25, 26, 27, 28, 30.

AMOUR : Vénus formera une combinaison dynamique avec Uranus, Neptune et Pluton au cours de ce cycle, faisant resurgir du passé émotions, préjugés ou problèmes non résolus ; une situation délicate ou des interactions qui vous mettront sur la défensive avec votre entourage ne sont pas à exclure. Une évaluation objective de votre comportement s'impose : êtes-vous sûr de ne pas réagir en fonction de principes ou de sentiments périmés ? Surveillez en particulier vos tendances à la possessivité ou à diriger les autres ; vous risquez de les éloigner si vous ne leur lâchez pas la bride. Le 19, Vénus et Uranus affecteront votre vie émotionnelle et sociale, vous aurez l'impression que les choses vont trop vite autour de vous ; ralentissez et prenez un peu de recul, vous verrez mieux où vous en êtes et où vous voulez aller. Vous risquez également de ne pas être très objectif en ce qui concerne certaines questions affectives ; mettez les choses à plat et dites tout ce que vous avez sur le cœur. Au cas où vous devriez prendre une décision concernant un engagement important, une honnêteté totale envers votre partenaire sera votre meilleur atout : dites-lui les choses telles qu'elles sont, c'est dans votre intérêt à tous les deux. Les sorties artistiques et culturelles sont favorisées, attendez-vous à des invitations au théâtre, à une exposition ou à une rencontre avec un nouvel ami qui pourrait marquer le début d'une relation à long terme. Une situation sentimentale inhabituelle concernant un proche ou un membre de votre famille pourrait vous inciter à vous mêler de choses qui ne vous regardent pas ; résistez à la tentation !

CHANCE : L'amour des belles choses et les plaisirs de la convivialité vous mettront d'humeur joviale. Pourquoi ne pas donner libre cours à votre envie de vous amuser si vous pouvez joindre l'utile à l'agréable et vous faire ainsi des relations précieuses ? Une moisson de nouveaux contacts vous ouvre de nouvelles portes en ce qui concerne l'emploi, les finances et la vie personnelle. Vos affaires financières bénéficient d'influences porteuses : si vous êtes à la recherche d'un apport financier pour une affaire ou une entreprise personnelle, votre demande de crédit sera approuvée et vos finances communes devraient connaître des changements positifs. Toutefois, vérifiez de A à Z toute proposition et lisez soigneusement tous les contrats avant de les signer. Au travail, vous pensez qu'il est plus que temps que vos mérites soient reconnus à leur juste valeur, mais attention à ne pas gaspiller vos efforts dans la mauvaise direction. La bonne fortune vous sourit dans les jeux de hasard et les événements sportifs ; votre intuition naturelle et votre goût du jeu font bon ménage. Vous vous impliquerez peut-être dans des œuvres charitables ou l'aide aux personnes défavorisées.

Conseils hebdomadaires

1-11 : Une semaine parfaite pour prendre du bon temps, vous détendre un peu entre amis, aller danser ou faire quelque chose qui sort de l'ordinaire. Vous allez rencontrer des gens hors normes et vous enrichir de leurs différences ; l'amour pourrait vous faire signe mais, si aventure il y a, elle devrait se révéler plus excitante que durable. Vos finances se portent bien et vous avez suffisamment d'argent à dépenser pour vous permettre de vous passer quelques fantaisies. Des amis proches auront besoin de votre soutien affectif ou de votre aide pour déménager.

12-18 : Ce n'est pas le meilleur moment pour prévoir des activités qui requièrent tact, prudence et diplomatie ; vous serez enclin à foncer tête baissée dans toutes vos interactions. Pas question pour vous de prendre des gants : vous direz exactement ce que vous pensez, quitte à être agressif, autoritaire ou sarcastique. Heureusement, vous serez également au meilleur de votre forme intellectuelle et capable de venir à bout de tout travail ardu. Soyez très prudent en voyageant ou en maniant des outils, des accidents sont possibles. Des nouvelles de nature inhabituelle risquent de créer une certaine confusion.

19-25 : Avec tant de choses à faire, ce sera le branle-bas de combat chez vous toute la semaine ; les communications et les contacts risquent de vous occuper à plein temps. C'est un bon moment pour échanger des idées avec vos collègues et arriver à un consensus. Les nouveaux projets et une implication accrue dans les affaires domestiques vous laissent peu de temps pour les mondanités. Evitez le stress, dormez autant que possible, mangez de façon équilibrée et surveillez votre santé. Une visite chez votre médecin pourrait être à l'ordre du jour. Mieux vaut séparer vos affaires personnelles et professionnelles.

26-31 : Si vous vous sentez piégé à la maison ou au bureau, mettez un peu le nez dehors et partez à la découverte du vaste monde. Vous aurez des fourmis dans les jambes et aurez envie de déployer vos ailes ; pourquoi ne pas boucler vos valises et partir vers des lieux inconnus où vous découvririez d'autres façons de penser ?

Une réunion, ou une rencontre, impromptue sera l'occasion d'apprendre quelque chose d'intéressant ou d'important. Les lettres, les coups de téléphone et les conversations que vous initiez sont particulièrement rentables en ce moment. Une agréable surprise concernant une nouvelle entreprise suscitera votre enthousiasme.

Juin
tableau journalier

Dim	Lun	Mar	Mer	Jeu	Ven	Sam
1 Amour	2 Amour	3 Travail, Chance	4 Travail	5 Travail	6 Prudence	7 Amour
8 Amour	9 Travail	10 Amour, Chance	11 Travail	12 Travail	13 Amour, Chance	14 Travail
15 Amour	16 Travail	17 Amour	18 Travail	19 Travail	20 Travail, Chance	21 Amour
22 Amour	23 Travail	24 Prudence	25 Prudence	26 Travail	27 Amour	28 Amour, Chance
29 Amour	30 Travail, Chance					

Travail Amour Chance Prudence

Juin 2003

Le Soleil traversera votre secteur des amitiés, des relations sociales, des activités de groupe, des espoirs, des souhaits et des désirs. Au cours de ce mois, vous pourriez renouer de vieilles amitiés, ou rencontrer par hasard des gens que vous n'avez pas vus depuis longtemps. Mars forme une combinaison positive avec le stable Saturne du 19 au 27 ; vous vous sentirez plein de confiance en vous et aurez de l'énergie à revendre ! Vous n'aurez pas peur de vous affirmer, car votre charme et votre magnétisme forment un cocktail détonnant ; vous mettrez un enthousiasme communicatif dans tout ce que vous faites. Attention néanmoins à la configuration dissonante de Mars et d'Uranus du 21 au 26 ; du stress ou des perturbations sont indiquées dans les finances, les questions juridiques ou les accords professionnels ; faites de votre mieux pour remédier aux difficultés dès qu'elles apparaissent. Un nouveau contact d'affaires ou un collègue de travail pourrait vous donner un coup de main ou soutenir vos idées. Votre cercle d'amis et de relations ira s'élargissant ; vous pourriez même côtoyer des gens riches et célèbres. Rien à signaler sur le front domestique sinon que vous serez très à l'aise en la compagnie de jeunes membres de la famille qui auront besoin de vos conseils. Dates importantes : 2, 4, 5, 12, 14, 18, 20, 21, 23, 24, 25, 27, 30.

AMOUR : Vénus et Uranus se boudent au début du mois et risquent de chambouler quelque peu votre vie sentimentale. Vous pourrez toutefois compter sur l'intervention de Jupiter le bienveillant pour arrondir les angles, lorsqu'il formera une combinaison pacifique avec Vénus du 23 au 25. La liberté et l'exaltation des sentiments sont les maîtres mots de ce cycle ; si une relation ne vous apporte plus rien de ce côté-là, c'est le moment de la réinventer pour qu'elle vous fasse vibrer à nouveau. Vous êtes en quête d'amour et d'intensité émotionnelle et vous tolérerez mal l'indifférence ou le rejet. Les natifs qui entament une nouvelle relation amoureuse devront faire un effort pour garder leurs pulsions sous contrôle ; vous risquez d'aller trop loin, en particulier si vous dévoilez le côté exigeant de votre nature. L'ego surdimensionné des Lion risque de prendre certaines personnes à rebrousse-poil : à quoi bon discuter vos sentiments avec vos proches si vous monopolisez la conversation ; un peu moins de paroles et un peu plus d'écoute seraient souhaitables. D'une façon générale, vous gagnerez à respecter davantage le point de vue des autres et à éviter les décisions impulsives ou purement émotionnelles. Restez calme et gardez la tête sur les épaules si vous voulez vous entendre avec ceux qui vous entourent, même si les jérémiades et l'insatisfaction chronique de certains vous énervent. Une remarque anodine pourrait vous faire brandir le drapeau de l'injustice sociale.

CHANCE : Soyez très prudent dans toutes vos décisions financières, votre situation risque d'être fragilisée car vos dépenses seront plus importantes que prévu. Vous pourriez être motivé par le désir de gagner plus d'argent et cela peut vous entraîner loin : ne refusez pas systématiquement toute spéculation ou risque, mais si vous tentez le coup, prenez auparavant les précautions qui s'imposent. Si vous faites preuve d'autodiscipline et de jugement, les investissements et l'immobilier sont favorisés. La communication sera la clé de votre mois : faites un effort pour mettre à jour vos rapports, vos études et votre correspondance. Si vous avez besoin d'aide pour une question professionnelle, n'hésitez pas à la demander ou à rallier à vos idées ceux qui peuvent vous apporter leur soutien. Les astres favorisent la recherche d'emploi, les promotions, les voyages et tous les changements ; si vous passez des entretiens d'embauche, des tests ou des examens d'entrée, les résultats seront positifs. Vous aurez du succès en ce qui concerne les opportunités d'emploi, car vous serez au bon endroit au bon moment. La chance vous viendra par des personnes ayant un lien avec l'étranger. Vous allez recevoir de bonnes nouvelles concernant des amis et vous pourriez vous joindre à eux pour une célébration, une réunion ou un événement social. Transformez votre maison, impliquez-vous davantage dans votre vie de famille et donnez un peu plus d'attention aux êtres qui vous sont chers ; un peu de sympathie et de tendresse faciliteront vos relations familiales.

Conseils hebdomadaires

1-8 : Une excellente semaine pour étudier de nouveaux concepts ; votre capacité à comprendre des idées abstraites et votre désir de progresser intellectuellement seront plus forts que jamais. D'une façon générale, tout ce qui peut élargir votre horizon vous attirera ; vous verrez les choses dans leur ensemble, car les détails ne vous intéressent guère. Votre imagination et votre intuition sont intensifiées, vous serez enclin à vous évader dans votre monde intérieur, ce qui devrait favoriser tout travail artistique ou créatif ; c'est un très bon moment pour écrire, peindre ou vous adonner aux arts plastiques. Une surprise financière ou le remboursement d'une dette remettra à flot votre compte en banque. Un coup de téléphone inattendu pourrait vous inciter à mettre certaines choses en attente.

9-15 : Votre capacité à raisonner de façon pratique et à vous concentrer sur les problèmes concrets est diminuée cette semaine ; mieux vaut retarder les décisions importantes. Ne succombez pas à la tentation de jeter l'argent par les fenêtres et contrôlez votre impulsivité. Votre désir de pouvoir et de réussite se montrera au grand jour : le tyran qui sommeille en vous montre le bout de son nez mais votre entourage risque de se cabrer si vous vous montrez excessivement dominateur. Toute personne ou situation qui constitue un obstacle à vos projets risque de s'attirer vos foudres, et des conflits d'ego ou une furieuse lutte pour le pouvoir pourraient s'ensuivre.

16-22 : En ce moment, vous avez tendance à ne pas vous écouter ; vous vous montrez sans pitié avec vous-même et sans indulgence pour vos faiblesses. A quoi bon vous pousser aussi dur si votre santé doit en pâtir ? N'allez pas trop loin dans le perfectionnisme ! Après tout, vous ne pouvez pas tout faire tout seul ; pourquoi ne pas déléguer un peu plus ? Vous êtes ouvert au compromis et vos relations se déroulent dans une atmosphère détendue et harmonieuse : bonne semaine pour les activités sociales et pour les contacts amicaux. Les discussions trop sérieuses vous ennuient et vous n'avez pas envie de vous concentrer sur de fastidieuses questions pratiques ; lire un bon livre, sortir, voir un film léger ou partager un bon moment avec une personne que vous aimez vous attirent davantage. Si vous avez besoin de vous remonter le moral, offrez-vous une petite séance de shopping !

23-30 : L'amitié, l'approbation et la coopération des autres sont les dominantes de cette semaine et contribuent à votre réussite. Toutes les activités sociales vous seront bénéfiques car vous saurez réaliser un équilibre parfait entre donner et recevoir, écouter et parler. Vous voudrez être vu et remarqué, vous vous épanouirez devant un public et voudrez donner aux gens un peu de vous-même et de vos talents. Le succès devrait être au rendez-vous et vous recevrez des réactions positives. Sortez de votre coquille et faites ce qui vous plaît ; c'est en vous faisant plaisir que vous rechargerez vos batteries. Vous serez malheureusement obligé de faire passer vos buts éducatifs après des questions plus triviales.

Juillet

tableau journalier

Dim	Lun	Mar	Mer	Jeu	Ven	Sam
		1 Travail	2 Travail	3 Amour, Chance	4 Travail	5 Travail
6 Amour, Chance	7 Travail	8 Amour, Chance	9 Travail	10 Travail, Chance	11 Amour	12 Travail
13 Amour	14 Amour	15 Travail, Chance	16 Amour, Chance	17 Travail	18 Travail	19 Prudence
20 Prudence	21 Prudence	22 Travail	23 Amour	24 Travail	25 Travail	26 Travail, Chance
27 Amour	28 Travail	29 Travail	30 Travail	31 Travail, Chance		

Travail Amour Chance Prudence

Juillet 2003

Ce mois-ci, l'accent est mis sur les affaires personnelles et les aspects intimes et cachés de votre vie. La conjonction de Saturne et de Mercure le 1er et l'opposition de ce dernier avec Neptune le 19 et le 20 devraient entraîner des changements fondamentaux dans votre personnalité ; vous pourriez faire l'expérience d'une restructuration de votre subconscient : vous allez libérer votre imagination et déchaîner votre créativité. Vous êtes maintenant capable de penser de façon novatrice, voire révolutionnaire, et cela, allant de pair avec votre don des mots, vous permet de séduire et de captiver ; vous pourriez même vous intéresser à la spiritualité et aux questions psychiques. Quoi qu'il en soit, vous allez trouver le moyen d'élargir vos horizons car vous ne supporterez pas d'être englué dans la banalité quotidienne. Attention toutefois à ne pas confondre votre monde intérieur avec la réalité : c'est en restant pratique que vous l'emporterez sur vos rivaux. Par ailleurs, quel que soit le mal que vous vous donniez pour vous affirmer au travail ou dans votre vie quotidienne, vos efforts pourraient ne pas être reconnus ou appréciés à leur juste valeur. Ne vous laissez pas faire et faites savoir que vous n'accepterez pas d'être utilisé ou traité comme un meuble. Cherchez une solution positive à vos problèmes en discutant avec un supérieur ou un ami de bon conseil. Vous vous changerez les idées avec un bon livre, un bon film ou des cours d'art ou de comédie. Dates importantes : 1, 2, 6, 8, 10, 20, 22, 26, 31.

AMOUR : Mercure et Vénus vont entrer en interaction positive avec plusieurs planètes importantes : vos relations personnelles pourraient connaître des changements inhabituels. Ce cycle vous apportera de nombreuses opportunités romantiques et les préoccupations sentimentales tiendront une grande place dans votre vie ; si vous n'avez pas de partenaire stable, cela ne saurait durer, car vous allez sûrement rencontrer la personne qu'il vous faut ! Si vous vivez déjà une relation établie, vous apprécierez mieux l'affection de votre partenaire. De forts sentiments d'amour, d'attirance et d'admiration mutuelle vous rapprocheront et vous pourrez exprimer vos sentiments en toute sincérité. Rappelez-vous toutefois que votre couple sera consolidé si vous êtes capable d'être amis aussi bien qu'amants. Si vous avez eu des désaccords ou des divergences par le passé, c'est le moment ou jamais de faire la paix et d'arriver à une meilleure compréhension. En tout cas, la tiédeur ne sera pas de mise entre vous, les étincelles voleront dès que vous serez ensemble et votre libido tournera à plein régime. Lors de l'entrée en scène d'Uranus le 6 et le 7, l'influence de Vénus pourrait vous rendre quelque peu impulsif, voire téméraire : vous aurez envie de partir loin et de n'en faire qu'à votre tête. Il se peut que votre partenaire s'offusque de tant d'indépendance et votre vie amoureuse risque d'en pâtir ; faites en sorte que votre attitude ne soit pas mal interprétée et que la communication passe bien entre vous. S'il vous arrive de penser que l'élu de votre cœur n'est pas honnête avec vous, sachez que c'est peut-être réciproque. En ayant le courage de voir au-delà des apparences, vous aurez une vue plus objective des choses et pourrez ainsi dissiper illusions et malentendus. De nouvelles rencontres pourraient révéler des facettes inconnues de votre personnalité. Une relation passée pourrait faire une rentrée imprévue dans votre vie, mais cette fois-ci le contexte sera très différent...

CHANCE : En ce moment, il vous est plus facile de vous mettre à la place des autres, vous comprenez mieux leurs motivations et vous vous montrez volontiers coopératif ; vous avez donc tous les atouts en main pour améliorer vos relations. Vous entrez dans un cycle marqué par l'innovation et la créativité, riche en découvertes importantes, où la chance jouera un rôle. Laissez libre cours à votre inspiration mais ne soyez pas surpris si votre entourage considère parfois vos idées comme extravagantes. Bien que les astres indiquent des négociations à grande échelle ou un changement de direction, vous entrez dans une période porteuse qui devrait se dérouler sans difficultés majeures ;

vous allez enfin pouvoir vous détendre ! Pourquoi ne pas satisfaire vos envies d'évasion ? Laissez derrière vous vos problèmes quotidiens, vous ne vous en porterez que mieux... Les sports ou les activités de plein air vous attireront : vous aurez envie de battre des records. Des gains sont indiqués si vous vous intéressez à la Bourse ou aux jeux de hasard ; fiez-vous à votre intuition. Surveillez votre santé.

Conseils hebdomadaires

1-6 : Cette semaine, vous serez de bonne humeur, optimiste, capable de prendre du recul et d'avoir une vue d'ensemble de votre vie. C'est également un bon moment pour vous rapprocher d'une personne en particulier, qui peut vous aider sur un plan spirituel, intellectuel ou matériel. Votre curiosité sera excitée par tout ce qui est inhabituel et le mystère vous fascinera : des événements inexplicables ou des sujets confidentiels vous trotteront dans la tête et vous fouinerez jusqu'à découvrir la vérité. En outre, tout ce qui concerne la psychologie ou les secrets de l'âme humaine vous passionnera et vous apprécierez plus que jamais les histoires d'espionnage et les histoires surnaturelles. Certains envisageront de suivre des études ou de se lancer dans une carrière dans l'armée, la police ou la santé.

7-13 : Evitez de vous montrer trop agressif, direct ou autoritaire ; vouloir imposer votre volonté à tout prix est le plus sûr moyen de susciter l'hostilité des autres. Vous voulez tout, et tout de suite ! Si vous rencontrez un obstacle, quel qu'il soit, la colère et la frustration vous guettent. Gare aux réactions excessives qui pourraient vous pousser à agir de manière irréfléchie et à le regretter par la suite... Cette semaine, il vous sera difficile d'éviter conflits et confrontations mais vous pouvez garder un certain contrôle sur les événements en évitant les situations énervantes ou frustrantes : si vous en avez la possibilité, mieux vaut travailler en solo, vous pourrez ainsi passer entre les gouttes. Vous devrez également assumer de nouvelles responsabilités. Votre vie amoureuse s'épanouit et il n'est pas impossible que vous vous décidiez à vous engager pour de bon.

14-20 : Vous êtes enclin à révéler vos sentiments les plus intimes à ceux qui vous entourent ; en vous libérant de ce qui vous préoccupe, vous pourrez instaurer un climat de confiance dans vos relations, en particulier avec les femmes. Vos qualités d'écoute sont mises en vedette, car vous savez encourager les autres à livrer sans crainte leurs expériences les plus personnelles. Une personne surgie de votre passé pourrait reprendre contact avec vous : certains recevront des nouvelles de quelqu'un avec qui ils ont vécu une longue histoire ou qui a joué un rôle important dans leur vie. En famille, vos émotions seront en dent de scie et votre humeur risque de s'en ressentir. N'essayez pas de prétendre que vous savez tout sur tout... Une longue discussion avec un ami vous ouvrira les yeux sur des possibilités auxquelles vous n'aviez pas songé.

21-31 : Votre niveau d'énergie est à marée basse cette semaine, vous vous sentez mou, un brin démotivé et peu concentré sur vos tâches quotidiennes. En revanche, si votre imagination tourne à plein régime, elle vous incline à vous réfugier dans votre bulle, à perdre votre temps et à fuir le face-à-face avec le monde réel. Evitez de vous réfugier dans la nourriture, l'alcool et les médicaments : vous avez tendance aux excès en ce moment ; votre amour du plaisir, du confort, et votre besoin d'être dorloté passent au premier plan, et cela pourrait vous desservir au travail ou dans des situations où vous devez vous affirmer et prendre l'initiative. Quelqu'un pourrait vous rappeler une obligation qui vous est sortie de l'esprit.

Août
tableau journalier

Dim	Lun	Mar	Mer	Jeu	Ven	Sam
					1 Travail	2 Amour
3 Amour	4 Travail	5 Travail	6 Prudence	7 Travail	8 Travail, Chance	9 Amour, Travail, Chance
10 Amour, Chance	11 Travail	12 Travail	13 Travail	14 Travail	15 Amour	16 Travail
17 Amour	18 Prudence	19 Travail	20 Amour, Chance	21 Travail	22 Travail	23 Amour
24 Amour	25 Amour	26 Travail	27 Travail	28 Travail, Chance	29 Travail	30 Prudence
31 Travail, Chance						

Travail **Amour** **Chance** **Prudence**

AOÛT 2003

Le rendez-vous du Soleil, de Vénus et de Jupiter dans votre signe vous apporte une large gamme de possibilités : vous allez vivre des moments très intéressants. Août sera un cycle très occupé où les préoccupations sociales et professionnelles prendront le pas sur tout le reste ; vous serez en vue du public et vous pourriez même être mis en vedette d'une façon ou d'une autre. Pourquoi ne pas en profiter pour améliorer votre image et votre standing au sein de votre communauté en corrigeant certaines de vos attitudes négatives ? Les interactions avec votre famille et vos amis devraient également se dérouler sous de bons auspices, mais évitez de rejeter la responsabilité sur les autres si vous avez négligé une corvée parce que vous étiez débordé ! Vous n'êtes pas doué pour faire cavalier seul : aider les autres et être attentif à leurs besoins donnent un sens à votre vie. Ce mois pourrait marquer un tournant dans votre destinée, car, à partir du 28, Jupiter s'installe dans votre secteur financier pour la première fois en douze mois ; cela annonce le début du cycle que vous attendiez et ouvre la porte à des changements favorables. Vous pourrez vous montrer optimiste en ce qui concerne les questions personnelles ou d'affaires : une prime, une augmentation, un règlement d'indemnités ou un remboursement devraient vous apporter une appréciable flexibilité financière et vous permettre de dormir sur vos deux oreilles. Il se pourrait également que vous trouviez de nouvelles manières d'augmenter vos revenus qui vous permettront de régler les dépenses importantes auxquelles vous devez faire face. Un événement ou un contact inattendu pourraient vous offrir une chance d'égayer votre routine quotidienne. Vous aurez à gérer un volume important de courrier, bien des appels téléphoniques, des voyages et des discussions. Dates importantes : 1, 5, 6, 7, 11, 13, 23, 26, 27, 28, 30, 31.

AMOUR : La visite de Vénus apporte de joyeuses et sensuelles vibrations dans votre signe ; le courant passera mieux avec votre partenaire, vous ressentirez des émotions intenses et vous vous affirmerez affectivement et sexuellement. Toutefois, ne confondez pas affirmation avec agression et restez ouvert aux compromis.

Avec l'opposition de Vénus à Uranus entre le 22 et le 24, l'amour tiendra une grande place dans votre vie mais parfois plus sur le mode de l'insatisfaction que de l'épanouissement : vous pourriez vous sentir bloqué et être incapable de vous montrer tel que vous êtes dans une situation intime. Il se peut également qu'une rencontre avec un membre du sexe opposé conduise à une fascination ou un engouement irrésistibles ; à l'opposé, les illusions que vous entreteniez au sujet d'un partenaire risquent de se dissiper assez brutalement. Si c'est le cas, inutile de le regretter car de nouveaux rêves vont faire leur entrée dans votre vie. Ne soyez pas surpris si quelqu'un que vous aimez profondément se montre plein de contradictions ou difficile à satisfaire, ou si quelque chose de mystérieux ou d'inexplicable affecte vos décisions sentimentales.

Au cours de ce cycle, vous devez à tout prix éviter de mélanger travail et plaisir, et vous ne devez pas davantage essayer d'aider des membres de votre entourage : ils sont assez grands pour s'occuper de leurs propres affaires ! Une note positive : vous êtes sur le point de résoudre un problème qui vous pèse depuis quelque temps et cela devrait ouvrir la voie à des changements importants dans votre vie affective.

CHANCE : Ce mois-ci, votre vie sociale sera aussi animée que vos activités professionnelles. Vous êtes en grande forme, de vieux amis et des collègues de travail galvanisent votre confiance en vous et vous trouvez enfin le courage de tout remettre à plat et de reprendre les choses en main. Mars et Saturne forment un aspect très volontaire du 9 au 16 et vont vous aider à résoudre les problèmes qui vous perturbent. Vous garderez le sourire en toutes circonstances et serez entouré de personnes heureuses et positives. Reprenez contact avec les relations que vous avez perdu de vue, elles pourraient vous aider à prendre certaines décisions financières difficiles. Vos rentrées d'argent vous permettent de prendre des mesures qui se révéleront bénéfiques à long terme. Les investissements sont favorisés, les achats et les ventes sont également profitables pourvu que vous ne dépassiez pas vos limites. La face cachée des choses, des mystères ou des énigmes pourraient jouer un rôle dans votre vie actuellement. Les astres indiquent des voyages lointains.

Conseils hebdomadaires

1-10 : Vous êtes d'humeur sociable et votre besoin d'amour et d'approbation est plus fort que jamais ; les réunions et les relations personnelles sont favorisées. Gardez l'œil sur vos comptes, vous risquez de dépenser plus que vous ne pouvez vous le permettre ! Un problème émotionnel pourrait survenir entre vous et un ami proche mais vous saurez jouer la carte de la conciliation. Vous accorderez beaucoup de prix à l'harmonie de votre environnement et voudrez vous entourer de personnes aimantes avec qui vous avez des affinités. C'est un excellent cycle pour les voyages, qui devraient offrir d'agréables moments. Vous pouvez maintenant signer des papiers importants ou conclure des accords à long terme. De bonnes nouvelles sont en route concernant l'immobilier, les propriétés, les transports ou un changement de votre lieu de travail.

11-17 : Votre charme personnel et votre séduction ont un effet positif sur votre carrière et sur votre image. Les personnes qui vous côtoient vous verront comme quelqu'un d'attentif à leurs besoins et à leurs sentiments, et se montreront disposées à coopérer avec vous : votre capacité à susciter les bonnes volontés et à obtenir le meilleur des gens sera mise en évidence cette semaine. Vous serez curieux de connaître le point de vue de votre entourage et les discussions animées ne vous feront pas peur. Vos finances vont en s'améliorant mais refrénez votre générosité parfois excessive.

18-24 : Un nouveau projet excitera votre enthousiasme ou vous donnera une occasion de réaliser vos rêves. Vous aurez l'art de présenter vos idées de façon convaincante et votre intelligence vive vous permettra de maîtriser facilement les nouveaux concepts, mais vous aurez tendance à vous montrer impatient avec ceux qui sont moins doués que vous. Surveillez votre tendance à l'impatience et à l'impulsivité ; gare aux paroles qui dépassent la pensée ou aux conclusions hâtives. Même si vous avez raison, ayez le triomphe modeste et évitez de jouer les « Je sais tout ». Côté cœur, des renversements de tendance sont possibles : une aventure qui s'étiolait pourrait connaître un second souffle, ou des paroles malheureuses pourraient faire capoter une relation établie. Les enfants exigent amour et attention.

25-31 : Vos relations amicales sont spécialement chaleureuses en ce moment ; les soirées, les réunions, et toutes les activités conviviales sont placées sous de bons auspices. Vous pourriez bénéficier d'un sérieux coup de main donné par un ami. De bonnes nouvelles concernant une promotion ou une nouvelle position devraient arriver sans tarder. Vous seriez bien avisé de garder un strict contrôle de vos finances, car de lourdes dépenses sont en vue. Des problèmes familiaux inattendus pourraient compliquer votre routine quotidienne. Certains cherchent à vous utiliser, mieux vaut garder vos distances.

Septembre

tableau journalier

Dim	Lun	Mar	Mer	Jeu	Ven	Sam
	1 Travail	2 Travail	3 Travail	4 Travail	5 Amour, Chance	6 Travail
7 Amour	8 Prudence	9 Amour	10 Amour, Chance	11 Travail	12 Prudence	13 Travail
14 Amour	15 Travail	16 Travail	17 Amour	18 Travail	19 Travail	20 Amour, Chance
21 Amour, Chance	22 Amour, Chance	23 Travail	24 Prudence	25 Travail	26 Amour, Chance	27 Travail
28 Amour	29 Travail	30 Travail, Chance				

Travail Amour Chance Prudence

SEPTEMBRE 2003

Le Soleil influencera votre budget pendant la plus grande partie du mois ; ne soyez pas surpris si vous devez faire face à quelques problèmes de liquidités. Dans le domaine financier, votre marge de manœuvre sera réduite : réfléchissez à deux fois avant d'accorder un prêt, vous risquez d'avoir des difficultés à vous faire rembourser. Des obstacles ou des délais concernant des affaires personnelles ou juridiques pourraient vous causer quelques soucis ; détendez-vous, les choses ne sont pas aussi graves qu'elles en ont l'air ! Attention néanmoins à ce que ces préoccupations ne vous incitent pas à négliger certaines affaires pressantes, cela ne ferait que compliquer la situation. Heureusement, votre endurance, votre discipline et votre organisation vous permettront de traverser cette passe un peu difficile ; évitez toutefois de vous prononcer sur des choses que vous connaissez mal. Avec la configuration favorable de Mars et de Jupiter le 8, les choses devraient s'améliorer et vous serez de nouveau optimiste. Les voyages, en particulier ceux qui font une large place à la découverte et à l'imprévu, seront une source d'expériences enrichissantes. Dates importantes : 5, 8, 11, 16, 17, 24, 26, 29, 30.

AMOUR : Vénus ne sera pas dans les meilleurs termes avec Pluton le 5 et le 6, et de profondes transformations vont probablement se produire dans vos relations personnelles ; seront-elles bénéfiques ou désastreuses ? Cela dépendra surtout de votre totale honnêteté avec votre partenaire ! Il est tout à fait naturel de tenir à son indépendance, ce n'est pourtant pas une excuse pour traiter votre moitié avec désinvolture. Les relations affectives qui naîtront ce mois-ci seront probablement basées sur des pulsions subconscientes très puissantes. Les célibataires peuvent donc s'attendre à des développements intéressants dans leur vie sentimentale ; une proposition n'est pas à exclure. Votre vie sexuelle s'embrase mais risque de vous entraîner sur des montagnes russes, entre extase et frustration. A partir du 23, Vénus formera une combinaison merveilleuse avec le romantique Neptune ; cette rencontre astrale pourrait marquer un moment de grâce dans votre vie, une phase pendant laquelle vous serez touché par l'inspiration d'un grand amour, d'un idéal ou d'une noble cause. C'est également une très bonne période pour vous accepter tel que vous êtes et pouvoir ainsi mieux aimer les autres. Mercure et Vénus faciliteront votre sens relationnel, des conversations ouvertes et harmonieuses sont indiquées pour la quasi-totalité de ce mois et vous permettront d'arriver à un consensus sur l'organisation des corvées quotidiennes et des activités d'affaires. Vous pourriez recevoir une invitation à un mariage

CHANCE : Ce mois-ci, les honneurs ou les responsabilités vous attirent et vous aurez envie d'accéder à une position d'autorité. Heureusement, votre magnétisme devrait vous permettre de tenir les autres sous le charme et d'obtenir leur soutien. Si vous avez des entretiens d'embauche, discussions d'affaires, réunions ou conférences, ils se présentent sous de bons auspices. Un déjeuner, ou une rencontre, avec des personnes influentes pourrait s'avérer utile à vos affaires ou à votre avancement. En ce moment, vous avez envie de satisfaire vos goûts de luxe et de ne rien vous refuser. Pour une fois, passez-vous vos envies ; veillez seulement à payer le juste prix ! Si vous voulez acheter un nouveau véhicule à moteur ou redécorer votre intérieur, c'est le moment. Vous venez d'entrer dans un cycle de chance et l'argent pourrait venir à vous de façon imprévue. Il est possible que vous soyez invité à un événement spectaculaire ou que vous ayez l'opportunité de partir en voyage vers des lieux exotiques : dites oui à toutes les invitations, le plaisir sera de la partie.

Conseils hebdomadaires

1-7 : Gardez le secret sur toutes les questions confidentielles : même vos amis et vos associés doivent ignorer ce que l'on vous a confié. C'est une semaine parfaite pour avancer et progresser, votre ambition sera très forte ; le succès et la reconnaissance de votre travail suivront. Vous perdrez facilement patience avec les membres de votre entourage, ou montrerez un côté plus agressif et dominateur de votre personnalité. Des rentrées d'argent renflouent votre compte en banque. Le regard que vous posez sur le monde évolue : des choses qui vous contrariaient vous laissent désormais indifférent.

8-14 : C'est une semaine passionnée, riche en moments intenses, mais veillez à rester modéré et ouvert au compromis, sinon il pourrait y avoir de la rupture dans l'air ! Les relations au travail et dans votre vie quotidienne risquent d'être tendues et des disputes ne sont pas exclues, en particulier si vous lâchez la bride à votre volonté de puissance. Il est important que vous écoutiez vos intuitions, le succès viendra si vous avez confiance en vous. Vous allez faire certains achats ou investissements qui amélioreront votre qualité de vie ou changeront votre standing. Une semaine favorable aux études, en particulier celles qui sont liées à d'autres cultures ou langues, au droit, à la philosophie ou à la religion. Les questions juridiques sont favorisées, vous pourriez décider d'acheter ou de vendre une propriété.

15-21 : Des influx positifs favorisent les questions financières : vous allez recevoir de l'argent ou des biens par le biais d'un mariage, de vos associés, de votre famille ou d'une institution ; si vous demandez un prêt, la réponse devrait être favorable. Gardez le contrôle de vos émotions, vous pourrez ainsi éviter des confrontations avec votre entourage. On pourra vous demander de devenir membre d'un club et d'y jouer un rôle important. Si vous êtes engagé dans un litige ou un jugement, le règlement sera favorable. Les membres de la famille auront besoin de votre aide pour une question financière.

22-30 : Une semaine très positive ; vous resterez optimiste quels que soient vos problèmes et aurez envie de dépasser vos limites. Il faut surveiller votre régime ; vous avez tendance aux excès et risquez de prendre du poids. Soyez conservateur dans vos affaires et vos dépenses, une réorganisation de votre budget pourrait s'avérer nécessaire. De nouvelles amitiés qui déboucheront sur des associations à long terme font leur entrée dans votre vie. Certains natifs auront une aventure avec un patron ou collègue. Une surprise aussi agréable qu'inattendue vous attend.

Octobre

tableau journalier

Dim	Lun	Mar	Mer	Jeu	Ven	Sam
			1	2	3	4
5	6	7	8	9	10	11
12	13	14	15	16	17	18
19	20	21	22	23	24	25
26	27	28	29	30	31	

Travail Amour Chance Prudence

Octobre 2003

Le Soleil traverse votre secteur de l'expression personnelle, des pensées et des opinions, et donne le coup d'envoi à un cycle bousculé mais stimulant. Le téléphone n'arrêtera pas de sonner et vous aurez des dates limites à respecter. Jupiter l'expansif formera une longue relation avec le fiable Saturne pendant les prochaines semaines : vous vous sentirez plein d'allant et votre esprit sera plus vif que jamais. Votre soif de connaissances sera insatiable et vous saurez faire un usage créatif de vos dons. Profitez de votre forme intellectuelle pour faire passer vos messages de façon claire et directe et consolider ainsi vos positions.

Cela vous sera d'autant plus facile que Mercure forme un aspect fantastique avec Uranus et Pluton, vous donnant ainsi la facilité de parole qui vous permettra de faire prévaloir votre point de vue dans les discussions de groupe. Soyez prêt à analyser vos comportements et vos réactions envers votre entourage en toute honnêteté. Votre santé pourrait exiger une attention particulière. Dates importantes : 8, 11, 13, 14, 17, 18, 20, 24, 31.

AMOUR : Du 8 au 12, la complicité de Vénus et de Mars devrait pimenter votre vie amoureuse et vous conférer un pouvoir de séduction irrésistible sur les membres du sexe opposé. Cela tombe bien, car vous aurez justement envie d'être remarqué et apprécié ; votre ego ronronnera de plaisir, d'autant que vous aurez l'occasion de côtoyer des gens importants. Vous serez d'humeur à sortir faire la fête, et ces activités romantiques et ludiques vous donneront une pêche d'enfer ! Un de vos anciens amoureux désirera rentrer en contact avec vous dans l'idée de renouer des liens ; s'il s'agit d'un mauvais souvenir, laissez le passé là où il est ! Le clash entre Vénus et Neptune du 17 au 19 va mettre à l'épreuve votre capacité à voir les choses telles qu'elles sont vraiment. Il vous faudra cesser de vivre la tête dans les nuages et vous regarder dans le miroir sans complaisance même si cela ne vous plaît pas. Vos relations personnelles risquent de suivre d'étranges trajectoires au cours de ce cycle et vos amis seront sans doute un peu difficiles à gérer, mais rien de sérieux. Des changements physiques ou émotionnels affecteront probablement votre sexualité ; vous ne serez pas tout à fait en phase avec votre amoureux, mais essayez de ne pas insister trop lourdement car votre partenaire pourrait mal le prendre. Si vous voulez changer son comportement, mieux vaut le faire par l'exemple que par des reproches.

CHANCE : Restez persévérant dans la poursuite de vos buts ; un projet à long terme a de très bonnes chances d'aboutir si vous vous impliquez à 100 %. Tout ce dans quoi vous avez investi votre temps, votre énergie ou votre argent commence enfin à payer. Soyez prêt à assumer des responsabilités supplémentaires au travail, les réactions seront favorables. Votre cercle familial sera source de joie, un proche pourrait être mis en vedette et cela rejaillira un peu sur vous. Vous ferez des prouesses dans les sports, les activités de groupe et de plein air ; vous pourriez même remporter un trophée. La maison et les aménagements domestiques sont favorisés, un changement d'adresse est possible. Pour vous, exercice et santé vont de pair ; faites le nécessaire pour rester en forme et occupez-vous des petits bobos dès qu'ils apparaissent. Les astres vous réservent une aubaine inattendue.

Conseils hebdomadaires

1-5 : Place à la nouveauté ! Vous allez côtoyer des gens nouveaux, découvrir différents styles de vie ou des façons de penser révolutionnaires ; vous envisagerez même de vous lancer dans des activités associatives ou politiques. Des évolutions sont en vue côté cœur : vos sentiments vont gagner en profondeur mais la transition sera parfois un peu chaotique. Toute nouvelle relation commencée cette semaine transformera votre vie. Les questions de carrière, les réunions, les examens ou les entretiens d'embauche sont favorisés et vous permettent de vous montrer sous votre meilleur jour. Une surprise se prépare dans vos finances personnelles. Votre libido est en feu !

6-12 : Vous risquez d'être trompé par des amis ou relations, restez vigilant et réaliste, surtout si vous entrez en contact avec des inconnus ; vous pourriez également subir des pertes ou avoir des difficultés à réaliser des projets financiers. D'une façon générale, le spectre de l'insécurité pèse sur vous cette semaine et vous allez apprendre l'importance de l'épargne et de la planification. Vous voudrez aller plus loin dans la découverte de la spiritualité. Si vous faites un voyage lointain, cela vous fera voir du pays dans tous les sens du terme. Quelques fausses notes au travail : on vous demandera de mettre de l'ordre dans le désordre des autres ou on vous confiera une tâche dont des collègues s'attribueront le mérite.

13-19 : Votre popularité sera au zénith et vos amis seront sous le charme. N'ayez pas peur de faire votre propre promotion et de vendre vos idées à ceux qui peuvent vous être utiles ; votre image n'en sera que meilleure. Prenez enfin des décisions importantes et n'en démordez plus. Bonne semaine pour relever de nouveaux défis, maîtriser de nouvelles compétences ou les enseigner aux autres. Trop de soirées, de réunions et de bons moments font de ce cycle une période dispersée et un peu fatigante. Du calme dans le domaine des dépenses, vous êtes encore en train de dépasser vos limites ! L'amour est au beau fixe.

20-31 : Vous aurez l'impression de contrôler totalement votre vie cette semaine, mais ne vous endormez pas sur vos lauriers : si vous êtes en compétition avec quelqu'un pour un poste, l'opposition risque d'être forte. Côté cœur, les natifs du signe bénéficient d'influences favorables ; certains décideront d'emménager avec leur partenaire. Des distractions onéreuses, des dîners dans de bons restaurants et votre amour du confort matériel pourraient vous coûter les yeux de la tête. Des activités sociales stimulantes, des voyages ou des contacts excitants avec des gens venus de loin illumineront votre semaine. Vous devriez avoir de la chance au jeu mais gardez tous vos objets de valeur en lieu sûr.

Novembre

tableau journalier

Dim	Lun	Mar	Mer	Jeu	Ven	Sam
						1 Amour
2 Amour	3 Prudence	4 Amour	5 Travail, Chance	6 Travail	7 Travail	8 Travail, Chance
9 Amour	10 Travail	11 Travail, Chance	12 Travail	13 Travail	14 Travail	15 Travail
16 Amour	17 Travail	18 Amour	19 Travail	20 Prudence	21 Prudence	22 Travail
23 Amour	24 Travail, Chance	25 Amour	26 Travail, Chance	27 Amour	28 Travail	29 Amour
30 Amour						

Travail Amour Chance Prudence

NOVEMBRE 2003

La rencontre de Jupiter le généreux avec le stable Saturne devrait marquer le début d'un cycle favorable à l'avancement de vos projets ; les retards et les frustrations qui ont été votre lot depuis quelque temps touchent à leur fin et vous devriez voir le bout du tunnel à la fin du mois. Il va cependant falloir adopter une approche plus réaliste, en particulier, faire une plus juste estimation de vos défauts et de vos qualités et revoir vos ambitions à la baisse. A ces conditions, le succès est à votre portée, mais ne relâchez pas vos efforts car plus vous vous investirez, plus vous recevrez en retour. Si l'on vous offre la chance de votre vie au travail, n'hésitez pas ! C'est le moment ou jamais de suivre votre propre voie et de vivre à fond l'aventure de votre vie car vous seul pouvez le faire. Des inquiétudes au sujet de vos finances et de votre sécurité matérielle pourraient saper votre énergie ; ne vous obsédez pas sur l'argent et essayez de vivre avec moins, vous allez découvrir que ce n'est pas si difficile ! Vous surmonterez mieux ces difficultés si vous gardez confiance en vos ressources intérieures et en évitant de vous angoisser au sujet de forces extérieures que vous ne contrôlez pas. Votre emploi du temps très chargé vous incitera peut-être à partir en voyage pour échapper à ces pressions. Il est grand temps de suivre sérieusement un régime ou un programme d'exercice. Dates importantes : 1, 2, 4, 7, 11, 13, 18, 22, 24, 26.

AMOUR : Vénus s'opposera à Mars et Jupiter durant la première partie du mois et sera ensuite en compatibilité positive avec Uranus du 25 au 27. Que vous le vouliez ou non, la configuration planétaire de ce cycle vous forcera à affronter certaines situations affectives : les communications avec votre entourage risquent de s'en trouver perturbées. Vous devrez sans doute expliquer vos sentiments, voire vous justifier : mettez d'abord les choses au clair dans votre tête avant d'engager le dialogue. Vos proches sentiront qu'ils peuvent vous révéler leurs sentiments en toute confiance et apprécieront vos efforts pour résoudre les conflits ; veillez toutefois à ce qu'ils n'abusent pas de votre compréhension ! La confrontation de Mercure avec Mars du 23 au 25 confirme la possibilité de discussions animées, mais ne vous attendez pas à ce que tout le monde soit d'accord avec vous. Votre inspiration artistique confinera parfois au génie ; cette période est favorable à la réflexion approfondie et à l'introspection. Vous aurez envie d'être seul pour voir clair en vous-même et réévaluer vos priorités. Une ancienne connaissance pourrait réapparaître inopinément et vous étonner par le récit de sa vie.

CHANCE : Avec Jupiter et Saturne dans le secteur financier et privé de votre horoscope, le moment est idéal pour organiser votre carrière ou vos affaires en vue d'une expansion ou d'un changement majeur. Pour vous préparer un avenir stable, mieux vaut éviter les plans financiers douteux et les achats impulsifs. Un ami pourrait vous donner un bon tuyau au sujet d'une affaire ; prêtez-lui une oreille attentive mais recherchez un complément d'information avant de vous décider. Il se peut aussi que l'on vous apporte les données indispensables pour vous sortir d'une situation délicate ou bloquée, en particulier de nature juridique. En tout cas, fiez-vous à votre intuition, elle devrait être de bon conseil. Si vous suivez des études, une formation ou tout autre objectif personnel, la régularité dans l'effort est la clé de votre réussite ; si vous devez passer des examens, des profits en découleront. De bonnes nouvelles concernant votre famille ou vos amis sont en route ; des mariages ou autres festivités pourraient faire de ce cycle une période agréablement animée. Les enfants vous feront honneur dans l'éducation, les sports ou les activités culturelles.

Conseils hebdomadaires

1-9 : Votre esprit clair et méthodique vous permettra de mieux présenter vos idées ; les discussions, en particulier juridiques, auront un résultat favorable. Vous pouvez maintenant négocier ou signer des contrats.

Le temps que vous passerez à mettre à jour votre correspondance et à régler vos factures en retard sera bien employé. Votre cercle familial compte beaucoup pour vous en ce moment et vous faites l'impossible pour que la paix règne entre ceux que vous aimez. Vous serez heureux en amour, mais ne vous laissez pas égarer par l'enthousiasme. Les courts voyages et les vacances sont favorisés.

10-16 : Cette semaine, vous débordez d'énergie et vous serez impatient de passer à l'action. L'argent rentre de façon satisfaisante, mais vos dépenses risquent elles aussi de crever le plafond. Vous vous investirez à fond dans votre relation de couple et vous ouvrirez totalement votre cœur à votre partenaire. La santé ou les questions dentaires exigeront toute votre attention.

17-23 : Une période très occupée où les échanges d'idées, de vive voix ou par correspondance, sont favorisés. Vous serez sans doute amené à prendre la parole en public ou à assurer des responsabilités dans le domaine de la communication. Des conflits sont possibles entre les exigences de votre travail et les besoins de votre famille, ou avec des personnes en position d'autorité ; vous êtes un brin susceptible actuellement et la plus petite chose pourrait déclencher votre détonateur. Un ex-ami pourrait vous mettre dans une situation embarrassante. Du succès dans les activités sportives. Surveillez votre santé.

24-30 : Vos relations personnelles seront un brin rétro cette semaine ; vous aurez envie de renouer d'anciennes amitiés et de revoir des gens perdus de vue. Les célibataires pourraient rencontrer une personne qui leur fera perdre la tête en étant merveilleusement attentionnée à leur égard. Tirez le meilleur parti de votre argent en payant vos dettes, en modérant vos dépenses et en économisant pour les jours à venir ; l'achat ou la vente d'objets d'art ou d'antiquités est favorisée. Pourquoi vous sentir coupable au sujet de certaines de vos actions passées ? Après tout, ce n'était qu'une réaction causée par l'impulsivité ! Un entretien d'embauche ou une réunion vous fera sauter de joie.

Décembre

tableau journalier

Dim	Lun	Mar	Mer	Jeu	Ven	Sam
	1 Travail	2 Travail	3 Travail	4 Travail	5 Travail	6 Amour
7 Amour	8 Chance	9 Amour	10 Travail	11 Travail	12 Travail	13 Travail
14 Amour	15 Prudence	16 Travail	17 Chance	18 Travail	19 Travail	20 Chance
21 Amour	22 Travail	23 Chance	24 Travail	25 Travail, Amour	26 Prudence	27 Travail
28 Amour	29 Chance	30 Travail	31 Travail			

Travail · Amour · Chance · Prudence

Décembre 2003

Les relations entre Mercure et Saturne sont orageuses ce mois-ci et vos rapports avec les autres pourraient s'en ressentir. Plus que jamais, tournez sept fois votre langue dans votre bouche avant de parler et faites preuve de patience avec ceux que vous aimez, des paroles inconsidérées en famille pourraient provoquer des malentendus et des accès de colère. Inutile de paniquer cependant, les choses ne sont pas aussi graves qu'elles en ont l'air. Avec la combinaison de Mercure et d'Uranus, soyez spécialement attentif à vos communications ; l'attention que vous porterez aux détails sera cruciale. Le trop-plein d'énergie que vous aurez à dépenser vous incitera à vous lancer dans de nouveaux projets, mais évitez d'en faire trop, sinon votre santé risque d'en pâtir. Quelles que soient les décisions à prendre, suivez votre intuition et restez ferme sur vos positions, le succès sera au rendez-vous. Les activités artistiques et mentales vous réussissent et les joutes d'intelligence vous attirent ; vous avez le don de subjuguer votre entourage par votre éloquence, qu'elle soit orale ou écrite. Vous rechercherez la compagnie de personnes capables de vous entraîner dans des conversations excitantes et de stimuler votre intellect. Les excès de lèche-vitrines pourraient vider votre compte en banque ; tenez-vous-en strictement à votre budget. Dates importantes : 1, 2, 4, 7, 12, 22, 23, 24, 25, 26, 30.

AMOUR : Vénus s'oppose à Saturne les 6 et 7 ; au cours de ce cycle, vous risquez de vous comporter de manière anormalement froide et réservée envers votre entourage. N'êtes-vous pas un peu trop exigeant avec tout le monde, y compris vous-même ? Remettez à plus tard les discussions avec votre partenaire, car votre ego fera écran à toute communication efficace. Evitez également les décisions affectives importantes : votre attitude irritable et soupçonneuse pourrait vexer votre moitié. Gare au stress causé par l'hostilité et la colère rentrées, vous devez trouver le juste milieu entre explosion et refoulement. Vénus forme une relation dynamique avec Mars du 24 au 27 : vous vous investirez à nouveau sans réserve dans vos relations personnelles. Surveillez toutefois votre tendance à régenter votre entourage, alors que vous devriez plutôt jouer la carte de l'harmonie. Croyez-vous vraiment que passer en force soit la meilleure façon d'obtenir la coopération des autres ? Un zeste de diplomatie serait plus efficace pour arriver à vos fins ! Par ailleurs, vos arguments sont suffisamment solides pour que vous n'ayez pas besoin de jouer les bulldozers... En amour, vous voudrez que tout soit clair, au risque d'être un peu trop direct ou brutal, d'autant plus que vos émotions seront parfois à vif. Pour les célibataires, l'amour sera riche en surprises : un engouement pour un nouveau venu risque de les mener au bord de l'obsession.

CHANCE : Le Soleil traversera votre secteur des distractions, des voyages, des amitiés, des activités sociales et des spéculations pendant la plus grande partie de ce mois. Vous aurez la possibilité de vous libérer de certaines chaînes qui vous entravaient et vous vous sentirez pousser des ailes ! Evitez les personnes négatives qui cherchent à vous dissuader de suivre la route que vous avez choisie : vous seul savez ce que vous voulez, ne vous laissez pas influencer. Il y a du changement dans l'air : des projets excitants ou de nouveaux débuts se profilent à l'horizon 2004 ; si on vous offre la chance de votre vie, ne la laissez pas passer. Vous croulerez sous les invitations et vous rencontrerez des gens qui vous aideront à réaliser vos rêves ; les allées et venues seront fréquentes dans votre maison, et les soirées, fonctions sociales et sorties ne vous laisseront guère le temps de souffler. Certains natifs boucleront leurs valises pour des vacances, un voyage d'affaires ou une réunion familiale ; d'autres seront très occupés à préparer la visite de parents ou d'amis. Un changement de résidence est possible, à moins que vous ne vous décidiez à moderniser ou agrandir votre domicile actuel. Préparez-vous à des moments euphoriques avec ceux que vous aimez.

Conseils hebdomadaires

1-7 : Libérez votre esprit de l'anxiété, ne laissez pas vos émotions perturber votre intellect, et vice versa. Vous graviterez dans des cercles de pouvoir et des personnes riches ou influentes vous apporteront leur soutien. Rêvez sur les brochures touristiques et faites des projets de voyage : c'est un très bon cycle pour décompresser et changer d'horizon. Le coup d'envoi est donné pour l'opération lèche-vitrines de Noël, vous voulez des cadeaux spéciaux pour vos êtres chers. Vous aurez certainement la possibilité de prendre un nouveau départ ou de repartir de zéro.

8-14 : Une bonne semaine pour poursuivre vos objectifs. C'est le moment de tourner la page et d'écrire un nouveau chapitre : certains aspects importants de votre vie laisseront la place à de nouvelles considérations. Attention néanmoins à ne pas gâcher les opportunités dont vous allez bénéficier, la chance ne repassera pas deux fois ! Vous vous exprimez avec facilité en public : votre manque de confiance en vous n'est plus qu'un mauvais souvenir. Créer une entreprise ou un commerce en partenariat ? Pourquoi pas ! Assurez-vous seulement que votre personnalité et celle de votre associé sont compatibles et complémentaires.

15-21 : Vos priorités pour cette semaine : changer d'emploi, étendre votre réseau d'amis et mieux comprendre vos proches. Accordez toute votre attention aux crédits, aux impôts et aux assurances pour éviter de mauvaises surprises plus tard. Surveillez votre santé, des problèmes d'insomnie ou de tension nerveuse sont probables. Une invitation à un mariage ou à un événement spécial vous incitera à des dépenses somptuaires. La chance vous sourit dans les jeux de hasard.

Donnez libre cours à votre créativité, vous pourriez remporter un prix ou réussir à un concours.

22-31 : Relations et contacts amicaux ou romantiques sont favorisés ; la fin de l'année pourrait marquer le début d'une nouvelle histoire d'amour pour certains natifs. Un coup de téléphone apporte de bonnes nouvelles ; gardez l'œil ouvert pour mieux capter la tendance et saisir votre chance. C'est également une semaine à risques ; ne l'oubliez pas si vous pratiquez des sports ou des activités physiques. Les beaux voyages, les réunions familiales et les moments conviviaux avec des amis vous réchauffent le cœur. Vous pourriez recevoir un cadeau surprise ou être invité à un événement important.

Signe	Votre Personnalité	Les collections Harlequin qui vous plairont
Lion 	Honnête et loyal Chaleureux Tendance à l'égocentrisme Fier	**Best-Sellers :** des romans à succès, des auteurs reconnus. *(5 romans tous les 2 mois)* **Désirs :** sensualité et passions extrêmes. *(2 romans le 15 de chaque mois)* **Azur :** la force d'une rencontre, la magie de l'amour. *(8 romans le 1er de chaque mois)*
Vierge 	Amicale Perfectionniste Chaleureuse	**Horizon :** une famille à inventer, un bonheur à construire. *(5 romans le 15 de chaque mois)* **Les Historiques :** le tourbillon de l'Histoire, le souffle de la passion. *(5 romans tous les 2 mois)* **Amours d'Aujourd'hui :** des histoires vraies, des couples d'aujourd'hui. *(4 romans le 1er de chaque mois)*
Balance 	Attentive aux besoins de l'autre Altruiste Equitable et juste	**Blanche :** passions et ambitions dans l'univers médical. *(4 volumes doubles le 15 de chaque mois)* **Amours d'Aujourd'hui :** des histoires vraies, des couples d'aujourd'hui. *(4 romans le 1er de chaque mois)* **Harlequin d'Or :** le talent au bout de la plume. *(1 volume double tous les 2 mois)*
Scorpion 	Idéaliste et dévoué Méfiant Complexe et renfermé	**Grands Romans Historiques :** Quand l'Histoire devient le plus captivant des romans. *(1 roman tous les 2 mois)* **Intrigue :** action, émotion, suspense. *(2 romans le 15 de chaque mois)* **Azur :** la force d'une rencontre, la magie de l'amour. *(8 romans le 1er de chaque mois)*

Pour en savoir plus : www.harlequin.fr

Signe	Votre Personnalité	Les collections Harlequin qui vous plairont
Sagittaire	 Idéaliste Dynamique et intense Positif et enthousiaste	**Coup de Folie :** quand l'humour fait pétiller l'amour. *(1 roman le 15 de chaque mois)* **Audace :** sexy, impertinent, osé. *(2 romans le 1er de chaque mois)* **Horizon :** une famille à inventer, un bonheur à construire. *(5 romans le 15 de chaque mois)*
Capricorne	 Honnête et fiable Besoin de stabilité et de confort Pratique et réaliste	**Amours d'Aujourd'hui :** des histoires vraies, des couples d'aujourd'hui. *(4 romans le 1er de chaque mois)* **Blanche :** passions et ambitions dans l'univers médical. *(4 volumes doubles le 15 de chaque mois)* **Grands Romans Historiques :** Quand l'Histoire devient le plus captivant des romans. *(1 roman tous les 2 mois)*
Verseau	 Entreprenant et audacieux Indépendant Actif et plein d'allant	**Coup de Folie :** quand l'humour fait pétiller l'amour. *(1 roman le 15 de chaque mois)* **Audace :** sexy, impertinent, osé. *(2 romans le 1er de chaque mois)* **Best-Sellers :** des romans à succès, des auteurs reconnus. *(5 romans tous les 2 mois)*
Poissons	 Rêveurs Sensibles Romantiques et émotifs	**Azur :** la force d'une rencontre, la magie de l'amour. *(8 romans le 1er de chaque mois)* **Désirs :** sensualité et passions extrêmes. *(2 romans le 15 de chaque mois)* **Les Historiques :** le tourbillon de l'Histoire, le souffle de la passion. *(5 romans tous les 2 mois)*